Stehauffrauchen

Vera Lúcia Castro

Bibliografische Information der Deutschen Nationalbibliothek

Die Deutsche Bibliothek verzeichnet diese Publikation in der Deutschen Nationalbibliografie; detaillierte bibliografische Daten sind im Internet über <http://dnb.ddb.de> abrufbar.

1. Auflage 2016
©2016 Vera Lúcia Castro

Bild: Laura Holler

Herstellung und Verlag: BoD – Books on Demand, Norderstedt

ISBN 978-3-8448-1257-2

Für mein Vater

Kapitel 1

Der Anfang des Lebens

Wie viel Kraft steckt in einem einzigen Menschen? Mit dieser Frage beschäftige ich mich heute noch…

Gibt es eine Grenze nach oben oder nach unten? Nein. Diese Antwort hingegen kenne ich sehr gut. Das habe ich gelernt. Egal ob man davon überzeugt ist, dass es nicht besser oder nicht schlimmer kommen kann - glaubt mir: Es kann! Und wie es kann…

Es war Winter, Juli 1967, als ich auf diese unberechenbare Welt kam. Rio de Janeiro, Brasilien. Klingt super, aber für mich war das nichts Besonderes. Wer keine Berge kennt, vermisst sie auch nicht. Wer nah am Strand lebt, weiß es nicht zu schätzen. Wer keinen Winter kennt, denkt nicht daran, dass es einen geben könnte. Man nimmt das, was man sieht und hat als selbstverständlich hin. Schönheit, Natur und Kultur muss man bewusst betrachten können. Doch man wird nun mal mit geschlossenen Augen geboren…

Ich kam per Kaiserschnitt auf die Welt. Nicht, weil es Probleme gegeben hätte, nein. Es war damals Mode. Niemand hat sich für die damals noch fast 15 cm dicke Narbe interessiert, die verbleiben würde. Die Ignoranz des Fortschritts.

Und da war ich. Für meine Eltern ein wunderschönes Mädchen. Wenn ich jedoch meine Fotos anschaue, erkenne ich ein kleines, dickes, haarloses Baby mit hässlichen großen Ohren. Man muss echt als Eltern blind sein, um so etwas schön zu finden…

Ein Glück bekommt man nur einen Klaps auf den Po und keinen Spiegel bei der Geburt geschenkt.

Meine Eltern waren beide schon etwas älter, als ich zur Welt kam. Meine Mutter war vierunddreißig und mein Vater siebenundvierzig. Heutzutage ist das kein Problem mehr, doch damals war es sehr spät für so eine Entscheidung.

Einige Jahre später erfuhr ich, dass mein Vater Angst hatte, dass ich deswegen oft krank werden oder überhaupt nicht gesund sein könnte. Es war aber nicht so. Ich war extrem gesund. Bis zu meinem neunzehnten Lebensjahr hatte ich nur ein einziges Mal eine Grippe. Die üblichen Kinderkrankheiten habe ich auch bekommen, aber bei Weitem nicht alle. Ich war also ihr Meisterwerk. Ein Wunschkind. Endlich ein Kind, das beide würden behalten und erziehen dürfen.

Kindheit und die Grundschule

Meine Entwicklung war aber gut. Mit elf Monaten konnte ich schon laufen. Ich glaube aber, dass ich vorher schon angefangen habe, Fingernägel zu kauen…

Ich lernte schnell, war interessiert, intelligent. Deshalb beschlossen meine Eltern, ich sollte jetzt schon für die Schule vorbereitet werden. So kam ich zu einer privaten Lehrerin, welche mir das Lesen, Schreiben und Rechnen beibrachte. Na ja. Beim Rechnen war sie nicht wirklich erfolgreich, denn sie begann einen großen Fehler: Sie hat mich mit einem Lineal auf die Handfläche geschlagen, weil ich das Einmaleins nicht absolut korrekt gelernt hatte. Das war es also mit der Lehrerin - und mit dem Einmaleins. Niemand hat mich jemals wieder dazu bringen können, nochmals hinzugehen oder das Einmaleins zu lernen. Ich kann es heute noch immer nicht...

An meine Kindergartenzeit erinnere ich mich nicht mehr (sie muss also schrecklich gewesen sein!). Außer an meine Uniform. Diese blieb mir ganz genau in Erinnerung: Dieses knappe Höschen in marineblau und das karierte Kleidchen in blau/weiß. Es gab eine große Tasche in der Mitte des Kleides - halbmondförmig - in Rot gestickt mit meinem Namen: Lúcia. Dazu gab es noch eine Tasche. Gleicher Stoff, gleiche Stickerei. Wie einfallsreich...

In der Grundschule war ich Alleingängerin. Die erste und die zweite Klasse habe ich in einem Jahr gemacht. Ich musste ein halbes Jahr überspringen, weil ich so gut war. Meine Noten waren überdurchschnittlich gut. Nur Freunde hatte ich nicht. Wer wollte schon mit einer Streberin, die lange Haare und große Ohren hatte, Brille und Zahnspange trug, zu tun haben? Hmm... Da gab es doch jemanden. Besser gesagt, drei Mädchen. Ich nannte sie insgeheim „die drei Doofis". Eigentlich war meine Mutter mit deren Müttern befreundet und beide haben sich eingebildet, wir Kinder wären Freundinnen. Wir ließen sie so denken, damit sie glücklich sein konnten, doch was miteinander anfangen, konnten wir nicht wirklich. In all den Jahren nicht - trotz aller Anstrengungen unsererseits...

Die drei Mädchen waren auch nicht besser als ich, d. h. sie waren irgendwie ebenfalls Außenseiterinnen (was sonst?).

Meine Brille hatte ich dank meiner Eltern. Beiden sahen sehr schlecht und das musste ich natürlich gleich erben. Ich war also von Geburt an kurzsichtig.

Für die Zahnspange bin ich aber selbst zuständig gewesen… Als ich noch meine Milchzähne hatte, waren wir auf einem Ausflug und ich wollte wieder mal nicht auf meine Eltern hören. Mein Vater stieg also mit meiner Mutter ins Auto (ein VW-Käfer) und fuhr los. Ich rannte hinterher, stieg auf das Trittbrett an der Beifahrerseite und hielt mich an der Regenrinne des Autos fest. Meine Mutter schrie meinen Vater an, aber er hat sie nicht verstanden, weil er nicht glauben konnte, dass ich wirklich am Auto „hing". Irgendwann wurde es doch zu schnell und ich musste los lassen. Ein paar Zähne waren gebrochen und haben wohl die bereits heranwachsenden verschoben. Als diese zum Vorschein kamen, waren sie ziemlich krumm.

Als Kind war ich schon immer seltsam. Ich spielte zuerst am liebsten mit Gegenständen aus verschiedenen Schränken. Ich räumte alles aus und wieder ein. Zuerst genauso - später noch besser. Ordnung war wohl für mich etwas ganz Wichtiges. Aber es machte auch viel Spaß.

Die alte Nachbarin

Wir wohnten im 7. Stock eines Hochhauses in der Stadtmitte. Bis auf drei Kinder, eine seltsame alleinstehende Frau und ein Transvestiten-Pärchen, kannte ich dort niemanden.

Das Pärchen kannte ich auch nur, weil sie direkt neben unserer Wohnung wohnten und sich ständig gestritten haben. Dabei hat die „Eine" immer wieder Unterwäsche, Strapse usw. durch das Fenster geworfen. Das ganze Zeug hing auf lustige Art und Weise an den Bäumen unten am Straßenrand herum.

Ich kann mich an eine alte Frau - unsere Nachbarin - erinnern... Am Anfang war sie sehr skeptisch, weil ich an ihre Schränke ging. Ich kann noch meine Mutter hören: „Lassen Sie sie ruhig. Sie macht nichts kaputt. Sie räumt nur aus und wieder ein." Tja. Das klang für mich so, als wäre es völlig normal, dass man in fremden Wohnungen Schränke aus- und einräumt... Vielleicht hatte ich schon als Kind einen Knall... Doch die alte Dame, die keine Kinder mochte, hat mich sehr lieb gewonnen. Ich unterhielt mich sowieso lieber mit Erwachsenen als mit

Kindern und so kam ich sie oft besuchen. Sie schenkte mir ein Nagelset. Es war ein goldenes Gehäuse (die Form ähnlich wie ein Tampon), schön bearbeitet mit einem roten Bommel oben drauf. Innen waren vier oder fünf kleine Werkzeuge. Dies habe ich viele, viele Jahre aufgehoben. Was ist bloß daraus geworden???

Eines Tages kam ich zu ihr. Sie lag auf der Couch und es lief rosafarbener Schaum aus ihrem Mund. Sie konnte nicht sprechen. Ich holte meine Mutter und rief einen Krankenwagen. Ich rief einmal an. Dann nochmals. Wieder und immer wieder rief ich verzweifelt an. Als sie kamen, war sie schon tot. Herzinfarkt, sagten mir die zwei Männer. Ich war zum ersten Mal im Leben sehr traurig - und sehr beeindruckt, dass man rosafarbenen Schaum spuckt, wenn man stirbt…

Meine Mutter

Das Leben geht weiter. Und mit dem Leben auch die vielen Umzüge. Ich habe den Eindruck, meine Eltern empfanden das Umziehen als Hobby. Ein anderes Hobby hatten sie eh nicht… Wir sind innerhalb von achtzehn Jahren mindestens sieben Mal umgezogen. Das macht etwa alle zweieinhalb Jahre einen Umzug… Oh! Stimmt nicht! Meine Mutter hatte doch noch ein anderes Hobby! Wohnung umstellen! Fast jede Woche kam ich aus der Schule und musste mich neu orientieren. Alles war woanders! Sogar der Inhalt der Schränke! Oh! Muss sie sich gelangweilt haben…

Übrigens: Meine Mutter war nie ganz „helle". Ihrer Erzählung nach war sie als Kind sehr, sehr arm. Sie durfte die Schule nur bis zur 4. Klasse besuchen. Danach musste sie in einer Fabrik arbeiten gehen.

Sie musste ihre Suppe immer ganz schnell essen, weil sie nach Stunden bezahlt wurde. Oft ist sie vor Hunger zusammengebrochen. Die Suppe bestand sehr oft nur aus Wasser. Manchmal hat ihre Mutter Tauben vom Dach des Hauses geholt. Dann gab es auch Fleisch - Taubenfleisch. Mein Magen fühlt sich gar nicht gut an, wenn ich an diese Erzählungen denke. Es muss ungeheuer schlimm gewesen sein. Hungern ist schlimm - das weiß ich ganz genau. Meine Oma war also ebenfalls nicht besonders klug. Sie schlug ihre Kinder (meine Mutter war die Jüngste von drei Geschwistern) und verlor ihren Mann. Mein Opa hat sich vor einen fahrenden Zug geworfen. Warum? Das weiß niemand. Als ich geboren wurde, waren beide schon vor langer Zeit gestorben.

Aber eine Erzählung meiner Mutter bringt mich heute noch zum Weinen: Sie waren wirklich bitterarm und deshalb hatte meine Mutter nur einmal im Leben eine ganz billige Puppe aus Stoff mit etwas Plastik bekommen. Diese Puppe war ihr Ein und Alles. Sie war klein, hässlich und billig, aber sie war ihr einziges Spielzeug. Eine Kindheit lang. Als sie einmal unartig gewesen ist, warf meine Oma die Puppe ins Feuer. Sie warf symbolisch die Kindheit meiner Mutter ins Feuer! Und meine Mama musste weinend zusehen, wie ihre Puppe in Sekunden verschwand. Ihr blieb die Luft weg und sie dachte, sie würde in diesem Moment sterben. Da verschwanden auch ihre Träume, ihr Glück, ihr einziges Stückchen Kindheit. Ich hasse meine Oma dafür und bin sehr froh, sie niemals kennengelernt zu haben. Es tut mir heute noch unendlich weh und ich kann die Verzweiflung meiner Mutter spüren, ihre Tränen rollen auf meinem Gesicht herunter und tropfen mir ins

Dekolleté. Ungerechtigkeit. Das Leben ist so gemein, so ungerecht!

Erst nach dieser Erzählung habe ich verstanden, warum meine Puppen so wichtig für meine Mutter waren... Sie hatte wahre Freude daran, mir Puppen zu kaufen. Sie nähte und häkelte Puppenklamotten, zog sie an, zog sie um, frisierte, badete und schmückte sie. Oftmals dachte ich, dass sie erheblich mehr mit meinen Puppen spielte als ich selbst. Die Puppen waren mir eigentlich egal. Knöpfe mochte ich. Viele bunte Knöpfe...

Meine Mutter konnte sehr gut nähen. Und das tat sie fast den ganzen Tag und die ganze Nacht. Sie nähte und nähte. Später zeichnete ich meine Kleidung selbst, welche sie dann für mich meistens von Jetzt auf Nachher nähen musste, denn ich wollte meine Ideen immer gleich umsetzen und es war mir sehr daran gelegen, grundsätzlich anders zu sein. Ich wollte nichts haben, was jemand schon hatte. Es musste etwas Besonderes, Schönes, Kreatives sein. So waren auch meine Jeans, mein Schmuck, meine Schuhe. Immer anders als das, was andere hatten. Und alles musste natürlich farblich zusammenpassen. Auch die Unterwäsche! Heute bin ich gelassener, was meinen Style angeht...

In ihrer Jugend hat sie geheiratet. Einen Grafen, erzählte sie mir (sogar mit Siegelring!). Und eine Tochter hatten sie auch bekommen. Die Familie des Grafens war aber nicht wirklich mit seiner Wahl glücklich und bemühte sich jahrelang um die Trennung. Als er dieser zustimmte, ging das Ganze vor Gericht. Männer wurden bezahlt, um eine Aussage zu machen, die meine Mutter als Nutte darstellte. Man nahm ihr das Baby weg. Die Schande war so groß, dass meine Mutter das Land verlassen musste. Damals wurde auf der Straße mit einem Finger auf einen gezeigt, sagte sie zu mir.

Sie fuhr mit dem Schiff nach Brasilien.

Ihr Kind wurde regelmäßig zum Grab einer Frau gebracht, die so hieß wie meine Mutter. Somit wuchs sie in den Glauben auf, dass ihre Mutter tot war.

Alle Bemühungen seitens der Familie meiner Mutter, das Kind Jahre später zu einem Gespräch zu bewegen, scheiterten. Sie lebt heute in England und will ihre Mutter nicht kennen lernen.

Trotz der Anstrengung meinerseits, sie zu verstehen, gelingt es mir nicht. Ich kann sie nicht mögen und will sie deshalb nicht suchen oder kennen lernen. Man kann nicht durch das Leben gehen und Menschen so tief verletzen. Man darf nicht eine Lüge der Wahrheit vorziehen. Liebe hat niemand verlangt, nur Anerkennung, Freundschaft, ein einfaches Wiedersehen. Durch ihre Ablehnung finde ich ihre Persönlichkeit abstoßend. Meiner Meinung nach kann meine Mutter sich glücklich schätzen, sie aus dem Weg zu haben.

Das langsame „Älter werden"

Doch die Knöpfe haben es mir angetan. Sie waren viele: bunt, in verschiedene Größe und Formen.
Logischerweise waren sie immer akkurat von mir sortiert. Ich habe damit auf einer Tafel gespielt. An der Tafel war immer etwas anderes: Eine Wohnung, eine Schule, eine Straße. Knöpfe waren so vielseitig einsetzbar! Als Einzelkind muss man sehr einfallsreich sein. Das war ich auch - ohne Zweifel!

Natürlich habe ich versucht, mit anderen Kindern zu spielen. Doch alle waren sie irgendwann langweilig. Ich wollte lieber etwas von älteren Menschen erfahren. Je älter sie waren, desto besser.

Meine Eltern waren auch relativ alt. Aber sie haben mir nichts beigebracht, außer dass ich lernen und kämpfen muss, um „jemand" zu werden.

Ich hätte gern als Kind etwas gezeigt bekommen. Ich hätte gern etwas über die Natur, die Kultur und die Gebäude meiner Stadt gelernt. Ich wollte Ballett tanzen und Klavier spielen, aber damit konnten weder meine

Mutter noch mein Vater etwas anfangen. Essen und lernen. Das war alles.

Oh Gott! Es gab jeden Sonntag Brathähnchen! Ich kann es gar nicht mehr riechen! Meine Mutter konnte unheimlich schlecht kochen, dafür auch konsequent einseitig - so wie es die Portugiesen mögen: viel Fleisch oder Fisch, wenig Beilage. Kein Salat. Kein Gemüse. Kein Obst. Kein Nachtisch. Keine Vorspeisen. Immer alles gleich. „Same procedure as every year."

An Weihnachten gab es Nüsse, getrocknetes Obst und massenweise zu essen. So viel, dass wir das nie geschafft haben, alles zu essen. Verschwendung war angesagt. Aber nur an Essen!

Oft hat meine Mutter die Preise im Supermarkt ausgetauscht, damit wir die Lebensmittel günstiger bekommen konnten. Da wegen der Inflation die Preise stets überklebt wurden, hat keiner etwas bemerkt.

Kleidung wurde grundsätzlich selbst genäht. Bei meiner ersten selbstgekauften Kleidung habe ich bereits gearbeitet! Und da ich nicht gern gelesen habe, musste mein Vater Geld nur für Schulmaterial und nicht für Bücher ausgeben.

Bücher hat bei uns auch niemand gelesen und somit wurde mir auch nie etwas vorgelesen. Ich kannte zwei oder drei Märchen, welche ich auf Schallplatte hatte. Für die Entdeckung der Märchen und Kindergeschichten musste ich bis zu der Geburt meiner Kinder warten.

Mein Vater

Mein Vater war auch sehr ungebildet, dafür aber intelligent. Er brachte sich das Lesen, Schreiben und Rechnen selbst bei. Er baute seine Existenz anfangs mit einer Kneipe und später mit einem Restaurant auf. Wir gehörten zur Mittelklasse. Wenn es nach meiner Mutter ginge, hätten wir im Luxus gelebt. Sie wollte wohl etwas kompensieren. Mir genügte das, was ich hatte, obwohl ich wusste, dass mein Vater mir alles kaufen würde, was ich nur kurz anspreche. Nie habe ich dieses Wissen ausgenutzt. Ich war glücklich so, wie ich war und mit dem, was ich hatte. Einmal musste ich meinen Vater um einen Farbfernseh bitten. Ich fragte meine Mutter, warum sie unbedingt so etwas möchte. Schwarz/Weiß war doch völlig ok! Aber sie wollte Farbe haben. Farbfilme. Luxus. Für sie hätte er das nie getan. Für mich schon. Ich tat ihr den Gefallen, doch das zerstörte in mir das Bild meines Vaters schon ein wenig. Warum für mich und nicht für sie? Ist der Lebenspartner nicht genauso wichtig wie ein Kind? Eigentlich musste der Partner sogar noch wichtiger als ein Kind sein, denn das Kind geht und der Partner bleibt. (Zumindest sollte es so sein…)

Ab da fing ich an, emanzipierter zu werden. Leider nicht in Taten, sondern nur in Gedanken. Ich fing an, die kleinen Ungerechtigkeiten des Alltags aufzudecken. Auf einmal hinterfragte ich einige Handlungen meiner Eltern. Warum muss meine Mutter meinem Vater die saubere Kleidung und Schuhe vor die Badezimmertür stellen, wenn er duschen geht? Warum kann mein Vater sich nicht selbst ein Glas Wasser holen? Warum sagt meine Mutter nichts, wenn sie daran zweifelt, ob er eine andere hat? Warum sollen verheiratete Menschen mit den Eltern leben? Warum durfte meine Mutter nicht arbeiten? Warum durfte ich nicht im Haushalt helfen? Damals habe ich beschlossen, alles anders zu machen. Ich wollte auf keinen Fall so wie meine Eltern sein. Zwar war mein Vater schon sehr liebevoll zu mir, jedoch nicht zu meiner Mutter. Ich liebte meinen Vater. Auch ohne Worte. Heute bereue ich, dass wir uns nie wirklich unterhalten haben. Ich weiß nichts von ihm. Das Bisschen, was mir über seine Vergangenheit bekannt ist, hat mir meine Mutter erzählt. Keine Ahnung von dem, was ihn beschäftigte, von seiner Meinung über irgendwas, von seiner echten Vergangenheit, von seinen Ambitionen. Nichts. Er hat eine große Leere bei mir hinterlassen. Und ich habe es viel zu spät gemerkt… Deshalb erzähle ich meinen Kindern viel. Von mir sollen sie alles wissen, denn ich möchte keine Leere hinterlassen. Diese Leere nimmt immens Platz weg und füllt sich niemals wieder auf. Es ist ein stetiges Fehlen von irgendwas, bei dem man ganz genau weiß, es nie wieder finden zu können. Manchmal schmerzt es sehr und man kann nichts dagegen tun. Unvollständige Erinnerungen. Eine Geschichte ohne Anfang und ohne Ende…

Angeblich wurde er früh verheiratet, d.h. seine Eltern hatten seine Frau bereits ausgewählt. Es waren Bauer und mein Vater - also seine Frau natürlich - bekam zwei Töchter. Als er aufgrund des ersten Weltkrieges zur Armee gehen musste, flüchtete er nach Brasilien, wo er seine Familie für immer verlassen hat. Diese muss ihm nicht viel bedeutet haben, was ich irgendwie auch verstehen kann. Denn wer will schon zu einer Familie gezwungen werden?

Er hat sich nie bemüht, seine Töchter wieder zu sehen. Die Familie meines Vaters habe ich nie kennen gelernt, obwohl mir einer seiner Töchter nach seinem Tod schon zwei oder drei Briefe geschrieben hat. Wir hatten aber keine wirkliche Verbindung, keine Gemeinsamkeiten. Mein Vater hatte schon immer nur eine Tochter: Mich.

Gymnasiumzeit

Mir war einiges klar: Ich werde Lehrerin werden und keine Kinder haben. Ein Widerspruch an sich, oder? Doch eines davon habe ich zumindest durchgezogen: Ich wurde Lehrerin. Das andere hätte ich lieber auch durchziehen sollen... Ich war wohl als Kind schlauer... Hätte ich bloß auf die kleine Lúcia gehört... Die war auf dem richtigen Weg, bis ihr Zug entgleist ist...

Meine Schulzeit war ähnlich schlimm, deshalb habe ich auch schon einiges vergessen. Vor allem meine Mitschüler... Diese waren auch keine Erinnerung wert...

In Rio sahen die Telefonzellen wie riesige Ohren aus. Wenn ich in der Pause beim Lernen gestört wurde, dann nur, weil jemand bei mir „telefonieren" wollte. Die Streberin mit den großen Ohren. Die Doofe mit ihrer dicken Brille und Zahnspange. Niemand mochte mich wirklich. Bis ich elf wurde. Dann haben zumindest die Jungs mich wahrgenommen...

Nur einmal gelang es mir, beachtet und bewundert zu werden: In der 5. Klasse. Da haben meine Mutter und ich einen Ausflug organisiert. In der Schule wurden damals keine Ausflüge gemacht, da diese zu teuer waren. Wir haben es aber trotzdem geschafft, einen Bus sehr günstig zu bekommen. Das Essen ließ sich mit einem Picknick erledigen. Für die Eintrittskarten bekamen wir so eine Art „Pionierermäßigung". Wir fuhren nach Petrópolis, eine historische Stadt, wo sich der Regierungspalast des ersten Königs befindet. Dort besuchten wir auch eine unbeschreiblich interessante Wohnung eines Entdeckers und noch ein paar andere Paläste und Gärten. Sowohl die Ortschaft, als auch die Gebäude und die Geschichte blieben uns alle in Erinnerung. Für mich blieb auch der Genuss, als „anwesend" wahrgenommen zu werden, als wichtige Erinnerung zurück. Alles war von kurzer Dauer, doch trotzdem ein sehr schönes Erlebnis für mich.

Mercedes

Ich war ebenfalls elf Jahre alt, als ich meine Tage bekommen habe. Das war für die Tochter der Freundin meiner Mutter eine große Beleidigung. Mercedes war halb Spanierin. Groß, braun, wunderhübsch. Sie war dreizehn, glaube ich… Und sie erzählte mir seit über einem Jahr, dass sie kaum erwarten konnte, endlich ihre Tage zu bekommen. Das konnte ich nicht verstehen. Was sind denn diese „Tage"? Warum muss man sie unbedingt haben? Sie wollte es mir nicht sagen, weil ich noch „ein Kind" sei. Als ich meine Tage mit einem Schrecken bekommen habe (ich dachte ich bin schwer krank und werde sterben), war sie sehr sauer auf mich. Ich war also von da an ihre Feindin. Nun ja, Freundinnen waren wir eh nie gewesen - aber warum Feindinnen? Egal. Wenn sie es so wollte…

Ich bewunderte sie trotzdem. Weil sie so wahnsinnig schön war und so viele Freunde hatte. Sie hatte auch einen Freund - einen Mischling. Ihre Familie war dagegen, doch sie stand zu ihrer Liebe. Sie kämpfe jahrelang, traf sich ohne Erlaubnis mit ihm und blieb ihm treu. Und er ihr. Und sie blieben sich treu bis beide alt genug waren und geheiratet haben. Es klingt wie ein

Märchen und meine Bewunderung hielt über all die Jahre an. Schon witzig, dass sie über diese Bewunderung nie etwas erfahren hat...

Sie war es aber auch, die mich daran bestätigt hat, dass man Kinder nicht anlügen soll. Als ganz kleines Kind haben wir im selben Haus gewohnt. Ich hatte natürlich alles - vor allem neue und wunderschöne Puppen (auf Wunsch meiner Mutter). Sie wollte auch so eine Puppe haben. Eine, die lachen, küssen und reden kann. Aber ihre Eltern hatten nicht so viel Geld. Sie wünschte sich das vom Weihnachtsmann und war sehr davon überzeugt, dass er ihr so eine Puppe bringen würde. Ich habe zwar gesagt, dass Geschenke von den Eltern kommen, aber das wollte sie mir nicht glauben. Ich war ja ein unwissendes doofes Kind...

Weihnachten kam. Und ging. Für mich nichts Besonderes. Wieder Fressorgie. Für sie brach eine Welt zusammen. Ihre Eltern haben ihr erklärt, dass es keinen Weihnachtsmann gibt und sie kein Geld für so eine teure Puppe haben. Sie war wütend, enttäuscht, verzweifelt. „Warum haben sie mich immer angelogen?". Da wusste ich, dass ich es niemals würde so weit kommen lassen.

Die Wahrheit war immer besser und gerechter. Keine Lügen bedeutet keine Enttäuschungen. Ich lernte schnell.

Klar hätte ich ihr meine Puppe geschenkt, aber es hätte sie eh nicht interessiert. Ich interessierte sie nicht. So wie bei vielen anderen war ich nicht viel mehr als Luft. Luft mit einer großen Klappe.

Nur die Jungs haben mich immer anders gesehen. Für sie war ich hübsch. Ich hatte schöne, glatte, lange, braune Haare. Immer gepflegt und gut riechend. Meine Oberschenkel waren wohl geformt. Meine Augen hatten eine interessante Farbe - ein Gemisch aus braun und grün. Und ich war intelligent und schüchtern.

Religion und andere wichtigen Dinge des Lebens

Mein erster Freund hieß Asriel. Er war Jude. Wir küssten uns immer flüchtig und unterhielten uns über alles Mögliche. Religion, Sprachen, Schriften und noch mehr.

Meine Eltern waren katholisch. So wie jeder katholisch ist oder sein muss. Deswegen musste ich auch zur Kommunion. Keiner hat mich gefragt, ob ich das will. Ich wollte es nicht. An Gott glaubte ich schon, aber die Kirche war mir egal. Dazusitzen und immer wieder Gebete zu wiederholen. Ich sah einfach keinen Sinn darin... Wenn man etwas sagt, muss es einen Sinn haben. Einfach reden, um etwas gesagt zu haben, ist schlicht und einfach dumm. Wenn ich betete, dann machte ich mein Gebet selbst. Ich redete mit Gott. Später redete ich mit Geistern oder Heiligen - wie auch immer man das nennen möchte. Mein Glaube war da. So wie ich es haben wollte und nicht so, wie andere es haben wollten. Also machte ich die Peinlichkeit mit, mir ein Kleid bei meiner Kommunion anzuziehen, das meine Mutter genäht hat, und deckte ihre Lüge nicht auf, das Kleid hätte eine Cousine aus Deutschland für mich geschickt. Ich spielte mit, um meine Eltern nicht zu enttäuschen. Nur die Schuhe haben mir gut gefallen. Sie waren weiß, bedeckt mit einer Sohle aus geflochtenem Stroh. Schon komisch, was einem so im Laufe des Lebens in Erinnerung bleibt...

An mein Kleid kann ich mich aber auch anhand von Fotos erinnern. Es war weiß mit einer Menge rautenförmiger Rüschen. In jeder Raute war ein Kreuz in Silber. Völlig übertrieben und überhaupt nicht mein Geschmack. Wegen dieses Kleides musste ich auch noch als Erste in die Kirche laufen. Hinter mir alle anderen Kinder - alle gleich bekleidet. Es war so unglaublich peinlich! Und auch das haben meine Eltern nie erfahren.

Im Laufe meines Lebens habe ich eine Menge Geheimnisse gesammelt. Immer um andere zu schützen. Gutes tun, Menschen ändern, alles besser machen. Daran habe ich mehr als die Hälfte meines Lebens geglaubt. Ich habe geglaubt, dass so etwas möglich wäre und mit Achtung beschenkt werden würde. Großer Irrtum...

Es mag hier alles ziemlich seltsam, schwierig oder gar verrückt klingen, aber ich war echt glücklich. Mit meinen

Problemen kam ich ziemlich gut alleine zurecht. Und keine Freunde zu haben war auch nicht so schlimm. Man gewöhnt sich recht schnell daran... Meine eigene Welt funktionierte und ich setzte meine Energie sehr genau ein. Neid kannte und kenne ich nicht. Akzeptanz und Verständnis waren wichtig. Kopfschütteln war auch noch ok. Man muss schließlich nicht alles verstehen, oder?

Was mich zwischen zehn und elf Jahre wirklich beschäftigt hat, war der Grund, warum man als „Erwachsene" nicht mehr spielt. Was ist so toll daran, sich immer nur zu unterhalten? Ich forschte nach einer Antwort und erzwang somit auch mein Konzept von „Erwachsen werden". Absichtlich hörte ich auf zu spielen und hörte nur zu. Ich hörte bestimmt zwei Jahre lang nur zu. Und lernte wieder. Nun war ich erwachsen (dachte ich zumindest), weil ich mich unterhalten konnte.

Freunde

Meine Freunde kamen und gingen. Ich hatte freie Wahl. Alle Jungs, die ich sozusagen „ins Auge gefasst hatte", habe ich auch bekommen. Eingebildet war ich nie. Es war einfach eine Tatsache. Es war normal. Deshalb verschwendete ich keine Gedanken damit. Küssen ist schließlich nicht verboten, oder? Und was anderes haben wir nie gemacht. Bis auf einmal... Da habe ich einen älteren Jungen als Freund erobert und prompt dachte er, er kann mir an den Busen fassen. Sofort hat er sich eine Ohrfeige gefangen und es war Schluss. Heute kann ich immer noch über sein Verhalten lachen, denn er ging danach zu meiner Mutter, um sich bei ihr zu entschuldigen, dass er mich angefasst hat. Wie blöd kann man nur sein? Wäre die Entschuldigung nicht eher bei mir angebracht? Na ja. Da wusste ich mit Sicherheit, dass er reine Zeitverschwendung wäre.

Obwohl ich nie viel Busen gehabt habe, schien selbiger Männer wie magisch anzuziehen. Und mit sich die Ungerechtigkeit. Einmal war ich im Bus - auf dem Weg zur Schule, als ein fremder Mann meinen Busen angefasst hat. Ganz erleichtert wurde ich, als ich einen Polizisten am Ende des Busses entdeckte. Ich ging sofort zu ihm und erzählte, was passiert war. Er lachte und fragte mich, während er selbst meinen Busen anfasste: „Wie hat er es denn gemacht? So?". Ich stieg aus, weinte und verlor mein Vertrauen an die Autoritätspersonen. Entsetzen machte sich breit und prägte mein Leben. Ungerechtigkeit. Da war sie wieder.

So war also meine frühe Jugend. Ein Mädchen, das keine Pommes oder Ketchup mochte, das keine gesunde Ernährung bekommen hat, kaum Tiere kannte, nichts über Kultur oder Natur wusste, nie etwas vorgelesen bekommen hat und deshalb auch nie lesen wollte. Ja. Es ging einiges an mir vorbei und trotzdem war ich glücklich. Man muss nicht schwimmen oder Radfahren können. Man braucht keine Freunde, um glücklich zu sein. Aber Anerkennung fehlte mir ein bisschen. Die, welche ich von meinen Eltern bekam, reichte mir nicht mehr. Die des anderen Geschlechtes dagegen war mir damals ausreichend.

Dieser Mangel an Anerkennung hat mich sehr geprägt. Bis heute kämpfe ich - oft unbewusst - um Anerkennung.

Regina

In der siebten Klasse ging es mit meinem Leben erst
richtig los. Ich kam in eine alte Schule und lernte meine
beste Freundin kennen: Regina.

Sie war arm, hatte aber große Pläne - sehr große Pläne.
Ein hübsches Mädchen, sie hatte zwei Geschwister und
es gab viel Elend. Sie lebte in einem abrissbedürftigen
Haus. Eine hohe Holztreppe am Eingang. Die Bretter
waren fast alle kaputt. Oben war dann ein Flur mit
einigen Zimmern. Zu Regina ging es nochmals nach
oben. Dort war ein unüberdachter Hof aus Beton, zwei
Zimmer, eine Toilette mit Dusche - für alle Bewohner.
Sie lebte mit ihrer Mutter, ihrem Stiefvater und den zwei
Geschwistern in einem dieser Zimmer, das so groß war
wie ein Rattenloch. Zwei Stockbetten, ein Kleiderschrank
mit zwei Türen, eine schmale Kommode mit einem alten
Fernsehgerät drauf. Draußen, unter einem Plastikdach,
war die Küche (wenn man das überhaupt hat Küche
nennen können). Unten vor der Haustür krabbelten die
Kakerlaken aus den Mülltonnen. Sie schämte sich.

Später ließ sie sich immer im Nobelviertel der Stadt absetzen. Sie fuhr dann mit dem Bus nach Hause. Keiner sollte wissen, wo und vor allem wie sie lebte.

Aber sie war klug. Und hübsch, schlank, sehr gepflegt. Und sie war meine erste und beste Freundin.

Eine Zeit lang wollte meine Mutter sie adoptieren. Sie schlief oft bei uns. Wir haben ihr Kleider, Schuhe und Essen geschenkt. Wir nahmen sie überall mit hin.

Regina hasste ihre Haare (bis heute noch), obwohl ich sie immer wunderschön fand. Sie weinte sehr oft während ihrer Suche nach der gewünschte Perfektion - ihre Sicht von Perfektion, denn für mich war sie mehr als perfekt. Sie war sympathisch, gut gelaunt, intelligent, gut erzogen und noch einiges mehr.

Mit Regina konnte ich reden, mit ihr bin ich groß geworden. Sie kannte eine Menge Menschen und so kam es, dass ich mit vierzehn Jahren meinen ersten Freundeskreis hatte.

Maurício

Ich wechselte die Schule und lernte schnell viele Leute kennen. Ab da ging es rapide aufwärts. Den schönsten Jungen der Schule, Maurício, habe ich erobern können. Ich traute mich gar nicht, aber meine Freundin Angélica hat alles klar gemacht. Sie hatte den Schönsten, weil sie auch die Schönste war. Ich den Zweitschönsten, auch wenn ich mich nicht als die Zweitschönste fühlte.

Angélica hatte grüne Augen und blondes Haar. Sie war einige Jahre meine zweitbeste Freundin. Ihr Weg schlug jedoch eine andere Richtung ein, denn sie war reich.

Ihr Freund Fabrício war ebenfalls sehr reich. Bald heirateten sie, bekamen Kinder und ließen sich scheiden. Reich und schön zu sein ist keine Garantie für Erfolg.

Ich war zufrieden. Mein Freund konnte sehr gut malen (ich habe schon immer eine Schwäche für künstlerisch begabte Männer gehabt). Als wir zusammen waren - was nicht sehr lange dauerte - malte er mir ein Bild und schrieb ein Gedicht dazu. Das Bild war kein Kunstwerk und ich kann nicht genau erklären warum, aber es hängt in meinem Zimmer. Immer noch. Das Bild begleitet mich seit meinem vierzehnten Lebensjahr. Es ist wie ein Schutzengel, wie ein Symbol meiner Jugend. Es hängt einfach da. Es hing schon immer da und ich schaue es mir immer noch gerne an. Auch wenn ich mir selten etwas dabei denke. Damals war ich stolz darauf. Irgendwann wollte ich das interpretieren und heute freut es mich nur, dass ich doch ein Stück habe, welches mich daran erinnert, wie glücklich ich einmal war. Das Bild ist schwarz/weiß. Es wurde gezeichnet auf ein damals für den Kunstunterricht typisches, gelochtes DIN A3-Papier. Es zeigt das Gesicht einer Frau in einer Pyramide, umgeben von Pflanzen und Blumen. Im Himmel sind zwei Vögel, die aufeinander zufliegen. In der Mitte die strahlende Sonne und ein paar Wolken. Unten sind ein Adler und seine Unterschrift erkennbar. Sehr interessant. Auch wenn ich das Bild immer noch nicht wirklich erklären kann.

Maurício blieb aber immer ein Freund. Ein guter und doch seltsamer Freund. Er redete nicht viel, lachte aber umwerfend schön.

Einmal gingen wir am Hafen spazieren. Ich fühlte mich wichtig, anerkannt, akzeptiert und glücklich. Einige Male haben wir zusammen getanzt. Einmal so nah, dass sich meine weiße Hose von seiner Jeans blau gefärbt hat. Ach je. Ich musste die Hose entsorgen, weil ich nicht wollte, dass meine Mutter etwas denkt, was in der Tat nicht passiert war, jedoch so ausgesehen hat. Er hat mich nie sexuell berührt. Respekt haben wir beide immer sehr geschätzt. Vielleicht war deshalb diese seltsame schöne Verbindung da. Wir bewunderten einander. Unsere Seelen berührten sich. Wir verstanden uns, ohne etwas zu sagen.

Er war ein wahrer Freund, den ich heute noch sehr vermisse. Was er heute über mich denkt, gehört wohl zu den Geheimnissen, die man im Laufe des Lebens sammelt.

Unsere Wege haben sich getrennt. Es gab einige Briefkontakte und irgendwann nur noch Stille. Doch wichtige Menschen vergisst man nicht. Man vergisst sie nie.

Meine Jugend und die Kunst

Regina hat mich in eine Kirchengruppe hineingebracht.
Wir machten Musik, planten karitative Veranstaltungen,
unterhielten uns, gingen zusammen zum Strand, auf
Feten und besuchten uns oft. Ich hatte Glück, gute,
anständige Freunde zu finden. Wir rauchten nicht,
tranken keinen Alkohol und hassten Drogen. Trotzdem
hatten wir eine ganze Menge Spaß, waren gut gelaunt
und treu.

Ich versuchte zu lernen, wie man Gitarre spielt.
Gesungen habe ich schon immer gern, doch trotz großer
Mühe habe ich nie wirklich gelernt, ein Instrument zu
spielen. Künstlerich war ich also total unbegabt.

Mehrere Anläufe hatte ich beim Tanzen: zwei Jahre
Jazztanz, ein Jahr klassisches und ein Jahr modernes
Ballett. Auch Samba habe ich nur mit sehr viel Mühe
gelernt. Regina dagegen konnte tanzen wie eine Göttin.
Ich schaute ihr für mein Leben gern zu.

Mit ihr bin ich zum ersten Mal in eine Disco gegangen. Es
waren Bekannte und wir durften bis 22 Uhr rein. Die

Disko war leer. Wir waren gleich gekleidet und glänzten. Es war einfach nur schrecklich. Wir saßen da und keiner traute sich auf die Tanzfläche. Ich denke, da waren wir wohl vierzehn Jahre… Oder doch älter? Das weiß ich nicht mehr. Doch danach haben wir schon viel darüber gelacht. Regina lachte und lacht sehr gern. Wo sie immer diesen Humor hernimmt? Unglaublich.

Aber wir waren ja bei meiner künstlerischen Begabung… Zeichnen konnte ich schon als Kind nicht. Kunst war also ein Hassfach für mich. Wozu das auch?? Damit man sich bewusst wird, wie untalentiert man ist?? Trotzdem habe ich immer die Note 1 bekommen - wahrscheinlich für die Mühe.

Ich kann mich noch sehr gut an eine besondere Aufgabe erinnern: Ich sollte ein Gefäß aus Ton erstellen. Ha! So viel Ton kann es auf der Welt gar nicht geben, wie ich dafür gebraucht hätte, denn die Hälfte (oder das Ganze) flog immer wieder durch das Fenster und prasselte auf die vorbeilaufende Menschen herab. Bis mein Vater dazu kam und mir half. Er konnte wirklich alles. Zum Schluss wurde es doch ein tolles Gefäß. Das Gefäß meines Vaters.

Auch das Nähen von Leder ging mir nicht leicht von der Hand. Genau so wenig wie das Kleben von verschiedenen Stoffen. Ich hasste und hasse immer noch das Kleben. Egal was pappt und klebt, es ekelt mich an. Na? Was würde Freud dazu sagen? Dass es vielleicht die Schuld meiner Mutter ist? Weil ich nie mit Kot spielen durfte? Trage ich sexuelle Frustrationen davon?

Aber sind die Brasilianer nicht alle sexuell gehemmt? Meine Eltern waren das.

Laut meiner Mutter hat mein Vater sie nie nackt gesehen. Damals fragte ich mich ernsthaft, wie ich zustande gekommen bin… „Unter der Decke!", erklärte sie mir.

Bohh! Was für ein Leben! Sex unter der Decke. Siebenundzwanzig Jahre lang…

Sie haben sich aber geliebt! Da kann man wieder genau sehen, dass man das, was man nicht kennt, auch nicht vermisst. Heute bin ich davon überzeugt, dass je einfacher man ist, desto glücklicher kann man sein. Nicht viel denken, nicht viel handeln. Einfach nur leben, alles kommen lassen und genießen.

Dolores

Immer wenn es mir langweilig war, wollte ich mit meiner
Mutter zu Dolores. Sie war eine Freundin meiner Mutter
und die Mutter von Mercedes. Spanierin, sehr hübsch,
mit grünen Augen und einer witzigen Sprache.
Manchmal hat sie etwas Falsches gesagt, weil sie
Portugiesisch mit Spanisch verwechselte. Dolores konnte
weder lesen noch schreiben. Sie redete gern und kochte
einfach. Meistens Pommes mit Spiegelei. Einmal habe
ich sie beim Krebskochen erwischt. Das werde ich nie
vergessen! Die armen Tiere versuchten verzweifelt aus
dem Topf mit kochendem Wasser heraus zu krabbeln
und Dolores drückte immer wieder den Deckel drauf.
Mir ist der Hunger an diesem Tag vergangen.

Ich schaute mir alles in Ruhe an und hörte zu. Komisch,
dass ich mich an kein Gespräch erinnern kann… Außer
an eines: Dolores wollte ihren Mann wieder auf sich
aufmerksam machen, denn sie hatten wohl lange keinen
Sex mehr gehabt. Sie legte sich also, auf den Rat einer
Freundin hin, nackt und breitbeinig auf das Bett und tat
so, als würde sie dabei die Zeitung lesen. Ihr Mann kam
hinein, schaute kurz hin, ging ins Bad und als er heraus
kam, sagte er nur: „Du hältst die Zeitung falsch herum."

Dann ging er wieder. Ich lachte insgeheim. Wie kann man so blöd sein, nicht lesen zu können und so tun zu wollen, als würde man genau das tun? Bei manchen Sachen war ich wirklich intelligent und fortschrittlich. Doch wenn man mit solchen Menschen zu tun hat, ist intelligent sein doch keine Kunst mehr, nicht wahr?

Damals wusste ich nicht, warum es mich immer wieder dorthin gezogen hat. Mercedes war selten da, ihretwegen war es deshalb nicht.

Die Wohnung war ein dunkles Loch, die Fenster zeigten zum Innenhof. Man konnte das Tageslicht nur sehen, wenn man den Kopf ganz weit aus dem Fester streckte und hoch schaute. Das Wohnzimmer war schrecklich: dunkle Möbel, schreiend grün gestrichen mit einem silbernen Muster auf der Wand. Dort war alles einfach dunkel, hässlich und trostlos (sogar die Schildkröte, die immer im Wohnzimmer herum lief!). Irgendwann fragte meine Mutter, warum ich unbedingt zu Dolores wollte. Ich kann sie heute noch hören: „Was willst du dort?". Doch eine Antwort hatte ich nicht. Ich wollte hin. Immer und immer wieder. Es gibt Dinge zwischen Himmel und Erde, die man womöglich nie verstehen wird…

Meistens hielt ich mich in der Küche oder im
Schlafzimmer auf. Das Wohnzimmer empfand ich als
erdrückend, mit all seiner Dunkelheit und Gittern an den
Fenstern. Und das war es auch: ein Gefängnis.

1991 wurde mein Vater tot auf dem Boden dieses
Wohnzimmers gefunden.

Weitere Entwicklung

Vielleicht weil meine Eltern so konservativ waren, wuchs in mir stets der Drang nach etwas Neuem, nach Veränderungen, nach Rebellion.

Als die ersten Computer auf den Markt kamen, habe ich mich sehr dafür interessiert. Sofort habe ich mich bei einem Programmierungskurs in Basic angemeldet. Daheim versuchte ich mein Glück, doch Informatik war auch nicht so das Richtige für mich...

In Schreibmaschinenschreiben hatte ich schon meinen Kurs abgeschlossen: 300 Anschläge/Minute auf einer mechanischen Maschine... Ich war sehr stolz auf mich.

Auch die Sprachkurse machten mir Spaß. Englisch habe ich nach sechs Jahren mit einem Diplom abgeschlossen. Französisch machte noch mehr Spaß, aber da musste ich rebellieren. Die Lehrmethode fand ich schwachsinnig und so habe ich schließlich aufgegeben - mit Rebellion! Die Abschlussprüfung habe ich etwa bei der Hälfte der Zeit abgebrochen und bin direkt an die Direktion gegangen. Wie kann man eine schriftliche Prüfung ablegen, wenn man bisher nur geredet hat und ein Buch voller Bilder zum Lernen bekommt? Sollen die Buchstaben vielleicht vom Himmel herunterfallen???

Ich durfte gehen und musste nicht bezahlen. Auch wenn ich kein Diplom bekommen habe, war ich zufrieden.

An Erfolg war ich gewöhnt. Ich kannte kaum Niederlagen.

Meinen Wunsch, Lehrerin zu werden, habe ich durchgezogen. Ich wechselte auf eine private Schule, wo diese Ausbildung parallel zum Abitur möglich war. Danach fing ich an, Portugiesisch und Englisch zu studieren. Doch Portugiesisch-Lehrerin wollte ich nicht werden - letztendlich war ich ja schon Grundschullehrerin. Ich wechselte also nach etwa sechs Monaten auf die private Englische Schule. Zwar würde ich später nicht an einer staatlichen Schule unterrichten können, doch private Schulen haben eh schon immer besser bezahlt.

Ich wuchs erfolgsorientiert auf und behielt meine Linie bei. Ich kämpfte, um meine Ziele zu erreichen und der Kamp fiel mir sehr, sehr leicht.

Erstes Gebot: Unabhängigkeit.

Die Dinge so zu machen und zu gestalten, wie ich für richtig hielt, war mein Lebensziel - ganz egal, was andere machten oder dachten. Alle Meinungen waren mir wichtig, aber getan habe ich nur, was ich selbst wollte.

Meine Eltern standen hinter mir und bewunderten mich. Ich mich ebenfalls. Nur mit meinem Aussehen war ich nicht wirklich zufrieden - trotz aller Bestätigungen anderer. Heute verstehe ich das gar nicht. Zwar bin ich immer noch nicht zufrieden, aber wenn ich zurückdenke, hatte ich alle Gründe dafür, zufrieden gewesen zu sein.

Erst mit der Erfahrung lernt man, dass man meistens von anderen anders gesehen wird, als man sich selbst sieht. Ich war wohl schon immer sehr selbstkritisch und irgendwann wurde ich von meinem „immer besser", „immer perfekter" und „immer schneller" selbst überholt. Es bedarf einer Menge Lebenserfahrung, solche Fehleinschätzungen zu erkennen, denn im Leben ist man oft von den eigenen Eindrücken geblendet. Unterschiedliche Meinungen und Sichtweisen werden häufig nicht akzeptiert oder für unmöglich gehalten.

Während meiner Jugend hatte ich auch ein paar Träume, die unerfüllt blieben… Ich wollte sehr gut tanzen, was mir trotz aller Bemühungen nie gelungen ist. Mein Körper war wohl nicht dafür gemacht, auch wenn die Koordination nicht ganz so schlecht war. Klavier hat mich schon immer fasziniert, doch dazu kam es erst gar nicht. Es gab keine Möglichkeiten. Dies war auch besser so, wenn ich daran denke, wie mangelhaft meine musische Begabung ist… Da ist mir per Zufall ein Scheitern erspart geblieben. Volleyball wollte ich auch unbedingt spielen. Habe alles versucht und mich richtig angestrengt, aber dafür war ich mit meinen 158 cm einfach zu klein. Von jeder Mannschaft wurde ich nach und nach ausgeschlossen, bis ich einfach aufgegeben habe. Das Ende meiner noch nicht mal angefangenen sportlichen Karriere…

Da ich weder rennen noch schwimmen, weder Rad noch Inliner (damals Rollschuhe) fahren konnte, merkte ich sehr schnell, dass Sport wohl nicht mein Ding war. Ich schloss das problemlos aus meinem Leben aus. Karten spielen war schließlich doch einfacher und vor allem nicht so anstrengend - was mir sehr entgegen kam...

Meine Familie

Zu meinem fünfzehnten Lebensjahr – dies ist ein großes Ereignis in Brasilien - gab es eine ordentliche Feier. Ich hatte bereits schon viele Freunde und es machte so richtig Spaß zu feiern. Kirche, große Fete, tanzen und ein Überraschungsgeschenk von meinem Vater: Eine Reise nach Portugal - Meine Mutter und ich!

Zum ersten Mal im Leben verließ ich mein Land, stieg in ein riesiges Flugzeug und landete mitten im Winter in Europa. Der Winter war schrecklich! So viel Kälte kannte ich nicht. Es war unvorstellbar kalt.

Unvergesslich blieb auch die erste Nacht. Wir waren bei meiner Tante untergebracht. Das Haus war sehr alt und das Bad war außerhalb des Hauses. Da dachte ich, dass Menschen bei so einer Kälte eigentlich gar nicht leben können. Doch das legte sich schnell.

Die Eindrücke, die Familie, das Essen. Alles neu. Alles bezaubernd. Alles verlockend. Ich hatte so viel Spaß wie noch nie. Meine Cousins und Cousinen waren ganz anders als ich: viel lockerer, freier, spontaner. Ich war immer im Mittelpunkt - auch dort. Vor allem Sérgio - heute noch mein Lieblingscousin - hat es mir angetan. Wir waren wie Bruder und Schwester. Eine wunderschöne und mir bisher unbekannte Art von Liebe. Er hat mir das Schachspielen beigebracht, die Lust in mir, Verschiedenes auszuprobieren, geweckt.

Plötzlich hatte ich noch zehn oder zwanzig Freunde mehr. Alle wollten mit mir etwas unternehmen. Die Jungs haben sich reihenweise in mich verliebt und ich schwebte vor Glück, aber nicht nur deswegen. Das Essen dort war fantastisch. Vor allem die süßen Teilchen waren super lecker. Wir sind ins Kino gegangen und haben einen Bud Spencer-Film angeschaut. Lustig war, dass es in Portugal keine Synchronisierung gibt. Alle Filme laufen (auch im Fernsehen) als Original mit Untertitel. Eigentlich ist das gut, weil man so die Sprachen viel besser lernen kann. Wir besuchten Kirchen und Parks, aßen Eis und spielten auf der Straße - was ich überhaupt nicht kannte - denn Brasilien ist viel zu gefährlich für so etwas. Zu Silvester haben wir die ganze Nacht getanzt.

Mit dem Flugzeug ging es zu Isabella (Sérgios ältester Schwester) nach Deutschland. Die Kälte war dort noch viel extremer und unerträglicher. Ich spürte meine Nase nicht und sah zum ersten Mal im Leben Schnee. Interessant, doch unnötig. Deutschland hat mich weniger beeindruckt - was den Menschen betrifft. Anders die Sauberkeit, die Ordnung, die Perfektion. Das sagte mir sehr zu. Der Aufenthalt von nur einer Woche war zu kurz und mit dem Zug ging es über Paris zurück nach Portugal. Leider konnte ich in der Nacht nicht viel von Paris sehen, doch das reichte, in mir die Lust an dieser Sprache wieder zu wecken. In Coimbra angekommen, fühlte ich mich wieder wie zu Hause.

Der Abschied von der Familie, meiner lieben Tante Helen, meinem Cousin Sérgio und meinen neuen Freunde fiel mir sehr schwer. Daheim war ich aber wieder glücklich, voller Energie und erfüllt mit neuen Erfahrungen. Ein bisschen gefehlt hat mir die Lebensweise in Portugal aber schon...

Kurz nachdem ich nach Hause zurückflog, schneite es zum ersten Mal wieder seit vielen Jahren in Coimbra. Sérgio schrieb mir, dass Portugal weinte, weil ich weg war. Er schenkte mir ein Foto: Coimbra mit Schnee. Das Foto hängt heute noch in meiner Wohnung.

Pubertät

Der Wechsel in die private Schule brachte ein paar
Schwierigkeiten mit sich. Was man in drei Jahren lernt,
musste ich in zwei Jahren schaffen. OK. Das wäre ja nicht
das erste Mal, doch es war sehr, sehr hart. Mir haben
ein paar Fächer aus dem ersten Schuljahr gefehlt -
welche ich nie wirklich habe nachholen können.

In Brasilien ist die Schule für alle gleich. vier Jahre
Grundschule, vier Jahre Gymnasium und drei Jahre „2.
Grades", wo das Abitur gemacht wird und eine
Vorbereitung für das Arbeitsleben stattfindet. Die
einzige Ausbildung ist die zur Grundschullehrerin,
welche ich in der privaten Schule gemacht habe. Die
staatlichen Schulen bieten keine Ausbildungen an, nur
Vorbereitungen, d.h. man kann Fächer wie Statistik,
Bürokommunikation oder Fachrechnen auswählen. Im
ganzen Land lernt man einen Beruf, in dem man sich
bewirbt und den Beruf nach dem Motto „learning by
doing" erlernt. Entweder man studiert oder man ist
nichts.

Ich hatte also am Vormittag meine Schulfächer, am
Nachmittag die Fächer für die Ausbildung als Lehrerin

und abends meine Sprachkurse und Praktika. Stoff lernen war unterwegs, hinterher oder am Wochenende angesagt. Ich fand es zwar anstrengend, doch es stellte kein Problem für mich dar. Ich wollte es - es war meine Entscheidung, mein Ziel.

Es war eine Nonnenschule - was überhaupt nicht mit mir und meiner Einstellung zusammenpasste, doch es gab keine andere passende Schule. So rebellierte ich. Wir Mädchen müssten immer mit langer Hose und T-Shirt (mit Ärmeln) in der prallen Sonne Sport machen. Die Jungs dagegen dürften kurze Hosen und T-Shirts ohne Ärmel tragen. Außerdem durften sie duschen, was wir Mädchen nicht durften. So kam es dazu, dass ich erwischt wurde, als ich meine Füße im Waschbecken wusch. Waren die Nonnen entsetzt! Doch viel schlimmer kam es, als uns im zweiten Ausbildungsjahr mitgeteilt wurde, dass wir ab sofort Religionsunterricht haben würden. Ich fing sofort eine Diskussion an. Warum jetzt? Das stand nicht auf dem Stundenplan! Es sollte also freiwillig sein, denn ich sehe nicht ein, einem Kind eine Religion aufzuzwingen, die das Kind u.U. gar nicht haben will. Ich stand ganz entschlossen für Religionsfreiheit. Die Nonne lenkte ein und sagte, dass alle die Hand heben sollen, die nicht am Unterricht teilnehmen möchten. Das war ein Fehler, denn in Brasilien sind zwar offiziell alle katholisch, doch es gibt massenweise andere inoffizielle Religionen, die sich mit den Sklaven aus Afrika bei unserer Kolonisation durch die Portugiesen eingeschlichen und gefestigt haben. Ich würde sogar dreist behaupten, dass jeder zweiter Brasilianer gar kein Katholik ist. Weniger als ein Drittel der Klasse ist übriggeblieben und die nette Nonne war wohl plötzlich „vom Teufel besessen". Sie erzählte mir, dass irgendein Heiliger (habe den Namen vergessen) vom Pferd herunter fiel, blind wurde und dann erst Gott gesehen hat. Als ich antwortete, dass ich es total bescheuert finde, dass man zuerst blind werden muss, um dann erst Gott sehen zu können, bestellte sie meine Mutter ins Dekanat. Die Überraschung war groß, als meine Mutter gesagt hat, dass ich meinen eigenen Glauben haben kann und es wäre mein gutes Recht, meine Meinung offen und ehrlich zu sagen. Die Schule musste klein beigeben und das Fach wurde wieder abgeschafft.

Viele bedankten sich bei mir. Schade, dass man heute fast keinen Zusammenhalt mehr findet. Mobbing hätte keine Chance, wenn die Menschen zusammen halten würden.

Danilo und das Geld

Meine neuen Schulfreundinnen waren fast alle reich. Die private Schule ist sehr teuer. Ich hatte keine Probleme damit, spürte aber, dass Reichtum nicht meine Welt war und auch nicht das, was ich mir für die Zukunft wünschte.

Finanzielle Unabhängigkeit ja, Reichtum nein.

Angélica war besonders reich. Sie wohnte neben der Schule. Sie war sehr nett und künstlerisch begabt. So etwas hat mir schon immer imponiert. Bei einer ihrer Geburtstagsfeiern haben wir Pantomime gespielt. Es war ein wirklich wunderschöner junger Mann dabei. Ich habe ihn nicht aus den Augen gelassen, doch geredet haben wir kaum miteinander.

Ein paar Tage später sagte mir Angélica, dass Danilo nach meiner Telefonnummer gefragt hätte. Wow!

Er rief mich an und holte mich mit seinem Auto ab. Welch ein Luxus! In Rio hat fast niemand ein Auto. Wir gingen essen (noch mehr Luxus) und fingen eine kurze

Beziehung an. Nur seine Adresse wollte er mir nicht sagen. Auch seinen Nachnamen durfte ich nicht erfahren. Das störte mich gewaltig.

Ich sammelte also ein paar Informationen von ihm und suchte einen ganzen Tag im Telefonbuch nach. Dann fand ich seine Nummer. Und seine Name: Peugeot. Reich also.

Als er mich anrief, sagte ich, dass er zum Teufel gehen sollte, der Herr Peugeot. Er war erstaunt über mein Wissen oder noch mehr über meine Reaktion.

Alles Mögliche hat er versucht, um mich zurück zu bekommen, aber ich blieb entschlossen - Schönheit hin oder her. „Du hast mir nicht vertraut. Ich will dein Geld nicht, denn ich werde meins selbst verdienen. Such dir eine andere. Mit so etwas will ich nichts zu tun haben." Ende.

Ein paar Jahre später haben wir uns wiedergesehen. Er war verlobt. Ich auch.

Angélica hat einen Offizier der Marine geheiratet und ihr reiches Leben weitergeführt. Leider habe ich weder sie noch Danilo jemals wieder gesehen. Ich hoffe, beide sind glücklich. Vielleicht erinnern sie sich noch an mich…

Nídia

Auf das Drängen meiner Mutter hin habe ich wieder mit einer Freundin aus meiner Kindheit Kontakt aufgenommen.

Meine Mama ist ihr wohl per Zufall auf der Straße begegnet und konnte es wieder einmal nicht lassen, mich ins Spiel zu bringen

Damals hatte Nídia eine ganz verrückte Mutter und eine ganz komische, ältere Schwester.

Nídia wurde oft wegen Nichtigkeiten verprügelt - mit Gürtel, Stock usw., musste Cola, die zuerst in der Sonne bei 40°C aufgewärmt wurde, trinken.

Ihre Schwester hat entweder zwischen einem Berg von Büchern gesteckt, gemotzt oder war gar nicht da. Sie hat Nídia nie verteidigt.

Die Mutter war unberechenbar und hat stets irgendwelche gymnastische Übungen gemacht - sogar beim Kochen!

Nídia war hübsch und ruhig. Nun war sie wirklich anders geworden. Viel offener.

Sie wollte unbedingt zu einem Tanzclub am Samstag gehen und ich sollte mit. Tanzclubs kannte ich nicht. Aber warum nicht? Ich tanzte doch gern! Also ging ich mit.

Eugênio

Im Tanzclub gab eine Bühne, wo ab und zu einer die Menschen unterhalten hat und manche darauf getanzt haben.

Ich sah einen jungen Mann auf der Bühne. Schön, braun, tolle Locken und still.

Man konnte sich dort manchmal - als der Typ gelabert hat - ein Lied wünschen und es jemandem widmen. Da ich überhaupt nicht schüchtern war, fragte ich diesen Kerl mit dem Mikrofon, ob ich auch ein Lied widmen könnte. Er sagte: „Klar! Wem denn?" Ich antwortete: „Dem schönen ruhigen Mann dort an der Ecke". Er staunte: „Der da?" Ich bestätigte: „Ja. Dem da." Was ich nicht wusste, war, dass mein „Auserwählter" Teil des Teams und der beste Freund von diesem Kerl war.

Ich musste zuerst auf die Bühne. Dann wurden alle Lichter ausgeschaltet und ein Spot auf mich gerichtet. Die Musik verstummte und ich sollte wiederholen, was ich ihm gesagt hatte. Das war mir keineswegs angenehm, aber ich zog immer mein Ding durch. Ich wiederholte also meinen Satz. Alle klatschten (er war wohl sehr bekannt dort - und auch Nídia kannte ihn). Dann kam er zu mir und sofort ging es mit dem Geschrei

der Leuten los: „Küssen! Küssen! Küssen!". Keine
Ahnung, ob wir uns wirklich auf der Bühne geküsst
haben, aber danach schon.

Er bat mich heraus - was mir nach der gerade erlebten
Blamage absolut entgegen kam. Es war ein sehr schöner
Club mit Pool, vielen Bäumen, Pflanzen und schöne
Wege. Wir redeten, küssten uns, redeten und
verabredeten uns.

Ich hatte Nídia schon vollkommen vergessen.

Nídia habe ich ab da nur noch selten gesehen, wenn ich
im Club war oder wenn wir alle gemeinsam woanders
tanzen gingen.

Mein neuer Freund hieß Eugênio und er war eine meiner
großen Lieben. Er war etwas ganz Besonderes. Einfach,
ehrlich, zuverlässig, treu, nett, gut aussehend,
intelligent, charmant, liebevoll. Aber das Schönste war,
dass er mich unendlich geliebt und bewundert hat.
Unsere Beziehung war sehr entspannt und harmonisch.
Es war so viel Liebe da, wie ich noch nie zuvor erlebt
hatte. Wir passten einfach hundertprozentig zusammen.
Eugênio lief sogar bei Busstreiks stundenlang durch die
Stadt, nur um zu mir zu kommen und eine halbe Stunde

bei mir zu bleiben. Wir konnten uns aufeinander verlassen.

Auch unser erstes Mal war wunderschön. Sex war wunderschön, weil alles sehr langsam und mit viel Liebe geschah.

Da wir in Brasilien offiziell keinen Sex vor der Ehe haben dürfen, haben wir uns in Motels (das sind Hotels, wo Zimmer stundenweise zu mieten sind und sorgfältig für Sex eingerichtet sind - Pornos laufen im Fernseher, runde Betten, gedämpftes Licht, Dusche, Tanzfläche usw.) oder bei seinem Freund Piranha getroffen. Piranha war übrigens der Typ, der mich auf die Bühne geholt hatte. Ihn mochte ich noch nie, was ein gegenseitiges Vergnügen war. Wir „ertrugen" uns wegen Eugênio.

Ich weiß noch, dass Piranha mich einmal mit seinem Auto daheim abgeholt hat. Als ich mich dafür bedankte, sagte er nur: „Denk ja nicht, dass ich das für dich tue! Ich tue das nur, weil Geninho (so nannten ihn alle) mich darum gebeten hat und er mein Freund ist. Für dich würde ich das niemals tun.". Ich sagte nichts, dachte aber: „Arschloch!". Zum Glück mochten seine anderen Freunde mich - und ich sie.

Eugênio nannte mich schon immer „Gata", was Katze bedeutet und ein gängiger Ausdruck für schöne, attraktive Frauen ist. Ich nannte ihn „Gato" - die männliche Form davon.

Eugênio war arm. Sein Vater war Hausmeister in einem luxuriösen Hochhaus, wo sie eine kleine Hausmeisterwohnung hatten. Dort lebte er mit seinen Eltern, seinem kleineren Bruder und seinen zwei Schwestern. Es dauerte sehr lange, bis ich die Wohnung betreten durfte. Er hielt mich für reich - ich ihn für normal.

Das Hochhaus lag zwischen dem Hochhaus, wo Piranha seine Luxuswohnung hatte und den Club, in dem wir uns immer trafen und samstags tanzten. Der Tanzraum war schön groß. Oben war die Musik- und Lichtkabine aus Glas, wo unser DJ Fux, Márcio, saß und alles im Griff hatte. In dieser Kabine haben wir zum ersten Mal miteinander geschlafen.

Eifersüchtig war ich schon immer und am meisten habe ich gelitten, als Eugênio mir erzählte, wie schön es bei ihm einmal gewesen ist, als er Sex in einer Badewanne hatte. Erst nachdem ich schon verheiratet war, hat er mir gesagt, dass die Geschichte erfunden war. Es war ihm damals peinlich zuzugeben, dass ich auch seine Erste war...

Am 20. September 1986 haben wir uns verlobt. Auch wenn unsere Zukunftspläne noch nicht ausdiskutiert waren, wussten wir, dass wir heiraten würden. Er wollte - der Tradition nach - entweder mit meinen oder mit seinen Eltern zusammenziehen. Ich wollte eine eigene Wohnung haben. So gab es das eine oder andere, was noch zu klären war.

Die Verlobungsfeier war bei mir daheim. Alle unsere Freunde waren gekommen.

Folgenden Moment werde ich im Leben nicht vergessen, denn die Reaktion meines Vaters war extrem überraschend für mich. Eugênio hat offiziell vor allen Gästen bei meinem Vater um meine Hand angehalten. Mein Vater schaute ihn an und sagte laut: „Nur die Hand? Und was mache ich mit dem Rest?" Gott! Ich habe so gelacht! Sie umarmten sich und wurden für immer Freunde. Dann küssten wir uns.

Wahrscheinlich war diese Geschichte meine größte verpasste Chance, ein normales, glückliches Leben zu leben. Natürlich weiß keiner, was passiert wäre, wenn wir tatsächlich geheiratet hätten. Doch ich bin fest davon überzeugt, dass er meine verwandte Seele war. Seine Liebe, sein Respekt, seine Treue. Er war nicht nur mein Freund und Verlobter, er war bis vor ein paar Jahren noch mein allerbester Freund. Ich werde diesen Menschen nie vergessen. Ich werde niemals aufhören, seine Freundschaft zu vermissen. Er hat mir eine der schönsten Zeiten meines Lebens geschenkt, mir wahre Werte gezeigt und nun gehört er zu einer der größten Schmerzen, die ich im Herzen trage. Ungewissheit kann Menschen zerstören. Eugênio ist leider unerreichbar. Nicht weil er nach langen treuen Jahren nun doch geheiratet und ein Kind bekommen hat, sondern weil er aus meinem Leben verschwunden ist. Weiß Gott warum - und er auch. Aber ich weiß es nicht.

Liebe kann verschiedene Facetten haben. Eugênio hat bei mir fast alle erreicht. Heute liebe ich ihn als wertvollen Menschen und treuen Freund. Damals liebte ich ihn als Mann. Die Zeit vergeht und auch Gefühle ändern sich.

Es fällt mir schwer, darüber zu schreiben. Es verletzt mich sehr, meinen geliebten Freund nicht mehr kontaktieren zu können. Diese Funkstille ist erdrückend.

Bei Eugênio habe ich wirklich alles falsch gemacht, was man nur falsch machen kann. Ich habe ihn so tief verletzt, dass es mir fast körperlich weh tut, wenn ich nur daran denke. Und mit all meiner Dummheiten kam er zurecht. Bewundernswert. Nun ist es vorbei und es hinterlässt noch eine unerfüllte Leere in mir.

All die Höhen und Tiefen meines Lebens hat mein Freund mitbekommen. Mal mehr, mal weniger. Immer ist er mir mit Verständnis begegnet.

Den größten Dank jedoch schulde ich ihm für die Liebe, die er meinem Vater entgegen gebracht hat. Er war auch für ihn ein wahrer Freund - mehr als ich, weil ich nicht da war. Er hat sich sogar um die Beerdigung meines geliebten Vaters gekümmert. Das alles, nachdem ich ihn schon verlassen und so verletzt hatte. So viel Liebe, Fürsorge und Verantwortung tragen nur wenige Menschen auf unserem verlorenen Planeten in sich. Mein ewiger Respekt und Achtung.

Das sind die Werte, die mir schon immer sehr wichtig waren und die ich heute oft verzweifelt suche. Das grenzenlose Vertrauen und dieses Gefühl vermittelt zu bekommen, dass man trotz Fehler etwas wert ist. Die unerschöpfliche Bewunderung, die stetige Bestätigung und die wahre Liebe. Seitdem suche und sehne ich mich krankhaft danach.

Manche Leere wird nie wieder vollkommen erfüllt. Es ist einfach, mit etwas zurecht zu kommen, wenn man es anders nicht kennt. Doch kommt man in den Genuss, etwas richtig Gutes zu kennen, wird es schwer, es anders zu akzeptieren. Eine Unzufriedenheit schleicht sich ein und nimmt Platz. Jetzt gilt es zu lernen. Lernen zu akzeptieren. Wem fällt es schon leicht, enttäuscht zu werden?

Arbeit

Nach meiner Ausbildung bewarb ich mich für eine Stelle in der Bank.

Ein Tag Prüfungen.

Bestanden.

Mein erster Arbeitstag war der Hit. Streik. Ich stand vor mit Ketten und Schlössern verschlossenen Türen und musste wieder heim. Na toll. Man freut sich, endlich arbeiten zu können und dann so etwas.

Immer habe ich gedacht, dass Arbeiten etwas extrem Schwieriges sein müsste, denn schließlich durften ja nur Erwachsene arbeiten. Umso verwunderter war ich, als man mir meine Aufgaben bei der Bank erklärt hatte. Scheckbücher in Schubläden sortieren. Nummer der Schecks eintragen. Fertig. Einige Kartons standen vollgepackt vor den Schränken bereit. Ich frage naiv: „Ist das arbeiten?". Man sagte knapp: „Ja. Warum?". Ich war enttäuscht. Vielleicht auch nur überrascht. Aber irgendwann machte es doch noch Spaß und das Konzept in der Bank sowie die Bezahlung waren ok - sowie auch die Arbeitskollegen und das Arbeitsklima.

Zweieinhalb Jahre habe ich dort gearbeitet. Nebenbei war ich an der Uni und besuchte Sprachkurse.

Ich war sehr zufrieden mit meinem Leben. Mein Vater jedoch war etwas enttäuscht, denn er wollte unbedingt, dass ich zur Uni gehe und Ärztin werde. Aber das Leben an der Uni war nicht so meins. Papier, Bürogeräte, Organisation. Das sagte mir zu. Ich wollte nicht lesen, sondern mich nützlich machen oder selbst schreiben.

Eugênio war damals bei der Militärpolizei. Das fand ich weniger toll. Zu viel Gewalt, zu viele Gefahren, zu ungewiss.

Irgendwann wollte ich noch unterrichten. Ja. Das wollte ich, seitdem ich denken konnte. Die Uni habe ich wie bereits erwähnt, verlassen, um eine private uniähnliche Institution zu besuchen. Ich war auf dem Weg, meine Träume zu realisieren.

Zwischenbilanz

Jetzt, da ich mit dem ersten Kapitel meines Lebens fast fertig bin, fällt mir ein, dass ich hier fast den Eindruck erwecken könnte, dass ich unheimlich stark war. Das wäre falsch. Obwohl ich selbstbewusst und sehr entschlossen war, war ich auch sehr sensibel. Manchmal eine Heulsuse. Romantisch. Voller Träume. Oft litt ich unter Einsamkeit. Vor allem als Kind. Freunde waren wie Goldgruben. Sich immer allein durchzuschlagen ist keineswegs einfach.

Meine Eltern konnten mir nichts beibringen. Alles musste ich selbst herausfinden. Keine Ideen oder Anregungen. Man lernt dadurch, Mittel und Wege zu finden, doch der Weg ist ohne Unterstützung sehr steinig. Zwar hört man ungern auf die Eltern, doch was sie sagen, prägt sich tief ein. Leider gab es bei mir sehr wenig, was sich hätte einprägen können. Das hat mir sehr gefehlt, auch wenn ich es erst viel später merkte. Das soll sich nicht als Klage anhören, sondern eher als gegebenes Defizit. Meine Eltern haben sicherlich alles getan, was sie konnten. Sie konnten nur nicht mehr. Doch Liebe war ausrechend da. Zuneigung, Zärtlichkeit, Zuwendung. Meine Mutter war immer für mich da. Ich konnte hundertprozentig auf sie zählen. Mein Vater war die Säule der Familie. Uns hat es nie an etwas gefehlt. Liebe und Respekt wurden von ihm bewundernswert gut vermittelt. Ich hatte keine perfekten Eltern, aber was oder wer ist schon perfekt? Es liegt an mir und an jedem, das zu holen, was einem nicht gegeben wird. Einfach wäre natürlich, wenn man von Anfang an wissen würde, was einem fehlt…

Heute versuche ich meinen Kindern genau das zu vermitteln, was mir gut tat und was mir fehlte. Doch wer weiß, wo ihre Bedürfnisse tatsächlich liegen? Wahrscheinlich mache ich genau so viel falsch wie meine Eltern es bei mir gemacht haben - nur woanders…

Ich denke sehr viel, womöglich viel zu viel. Das habe ich aber schon immer getan. Doch meine Gedankengänge waren fehlerhaft. Man kann leider aber nur die Werkzeuge benutzen, die man zur Verfügung hat. Und ich dachte zwar, viele zu haben, doch ich hatte einfach viel zu wenige. Ich wusste weit weniger, als ich zu wissen dachte. Wer fast nicht kritisiert wird, glaubt, dass alle seine Entscheidungen richtig sind. Wer Dinge nicht kennt, kann sie nicht abwägen. Diese unbekannten Fakten sind einfach nicht existent. So was kann man sich im Ausland kaum vorstellen. Man lebt hier in einem Meer von weltweiten Informationen, Regeln und Überlegungen und hält es für selbstverständlich, dass es überall auch so ist. Großer Irrtum. Ganz großer Irrtum…

Isabella

Irgendwann kam der Anruf aus Deutschland, welcher mein schönes Leben beendete.

Meine Cousine Isabella bot an, dass wir alle nach Deutschland ziehen. Dort wäre alles besser, schöner, einfacher. Man könne gut leben und würde viel verdienen. Außerdem wäre Deutschland sicher. Das klang nach „der perfekten Chance".

Eigentlich hätte meine Mutter es besser wissen sollen. Ich weiß nicht, ob es grenzenlose Dummheit oder völlig unangemessenes Vertrauen war, was meine Mutter dazu beweg hat, uns davon überzeugen zu wollen. Im Grund denke ich, dass meine Mutter meine Cousine Isabella schon immer viel mehr als „ihr Kind" geliebt, als sie mich geliebt hat.

Isabella ist in Portugal geboren. Sie ist die Tochter meiner Tante Helen, welche mich wiederum mehr als

„ihr Kind" liebt, als ihre eigene verrückte Tochter. Verkehrte Welt…

Als Kind hatte Isabella eine seltene Krankheit, welche damals plötzlich ausgebrochen war. Von den betroffenen Kindern ist die Mehrheit gestorben, alle anderen Überlebenden blieben schwer behindert. Nur meiner Cousine ist nichts passiert. Da hätte man sich schon Gedanken machen müssen, dass irgendwas nicht ganz stimmen könnte…

Isabella zog irgendwann zu meiner Mutter nach Brasilien, heiratete, bekam zwei Kinder. Als ihr Mann starb, wurden ihre Kinder anfangs von meiner Mutter und später von meiner Tante in Portugal großgezogen. Isabella hatte immer Besseres zu tun. Am liebsten auf Kosten anderer Menschen leben. Sie zerstörte fast die Beziehung meiner Eltern, zog immer wieder von Land zu Land um, machte Männer pleite, quartierte sich irgendwo ein. Sie heiratete in Deutschland und blieb dort, bis auch der zweite Mann starb. Dann zog sie wieder nach Brasilien, wo sie vom nächsten Mann weitere zwei Kinder bekam. Sie hat sich ihr Geld sichergestellt und ist zurück nach Deutschland. Auch dieser Mann ist gestorben.

Von all dem Geld blieb außer Schulden nie etwas übrig, denn sie lebte nur für den Augenblick und war sehr großzügig mit sich selbst und allen anderen. Zumindest war sie nicht geizig... Taxi fahren, Essen gehen, alles kaufen, was man sich so gerade wünscht, Flugkarten verschenken usw. Nur nicht an morgen denken. Bis nichts mehr da war, aber auch nichts blieb, wovon man hätte später leben können.

Die Wende

Das alles wusste ich aber zu dieser Zeit noch nicht. Was ich wusste, war weniger als ein Bruchteil davon und entsprach nicht im Entferntesten der Wahrheit.

Mein Bild: Meine Cousine war ganz cool und nett, immer super gelaunt, bereist, eine Partyfrau. Sie lebte in Wunderland Deutschland mit ihren vier Kindern.

Für mich klang das alles wirklich gut.

Meine Mutter begeisterte mich also für den Umzug und irgendwie hat sie es auch geschafft, meinen Vater davon zu überzeugen. Warum er das mitgemacht hat, kann ich mir nur so erklären: Sie muss ihm gesagt haben, dass ich es unbedingt will. Für mich würde mein Vater alles tun - wirklich alles.

Er hatte vor kurzem ein Adega, ein portugiesisches Weinrestaurant, direkt vor unserer Wohnung eröffnet. Dort bekam ich zum ersten Mal im Leben ein eigenes Zimmer. Ich liebte diese Wohnung und das neue Leben mit eigenem Raum. Vorher musste ich immer im Wohnzimmer auf der Couch schlafen.

Mein Vater verdiente gut und alles war zu dieser Zeit absolut perfekt.

Nun musste er alles verkaufen, denn ich wollte natürlich alles mitnehmen - und ich besaß viel: Lexika, Bücher, kleinere Gegenstände, Bilder, Fotos, Schallplatten, Schmuck, viel Kleidung und massenweise Haushaltsgegenstände.

Gemäß der portugiesischen Tradition bekam ich ab meinem zehnten Lebensjahr nur noch Geschenke, die für die zukünftige Wohnung nach der Hochzeit bestimmt waren. Ich hatte also schon fast alles: Besteckkasten, Edelstahlgefäße, Kristallgläser, Kannen, Geschirr, Bettwäsche, Handtücher, Tischdecken, Deko und vieles mehr.

Das sollte alles mit, was nur per Schiff ging und ein Vermögen kostete.

Wie mein Vater das geschafft hat, weiß ich nicht, aber er tat es.

Irgendwann war alles gepackt und auf dem Weg ins ferne Deutschland.

Die Flugkarten waren gekauft: Rio de Janeiro - Frankfurt. Rückflug nur innerhalb von drei Monaten möglich. Wozu eigentlich Rückflüge?

Meine Pläne waren glasklar: Wohnung suchen, einrichten, Arbeit suchen, Geld verdienen und wenn alles fertig wäre, dann sollte Eugênio kommen und wir würden heiraten. Inzwischen sollte er die Sprache schon lernen.

Drei Monate vorher versuchte ich, Deutsch zu lernen, doch ich scheiterte jämmerlich. Ich war frustriert. Zum ersten Mal konnte ich etwas nicht auf Anhieb lernen. Der Lehrer war zu schlecht und die Sprache viel zu schwer. Ich beschloss, diese Sprache aber in Deutschland zu lernen.

Mein Vater wollte noch in Rio bleiben, den Rest verkaufen und später dazu kommen. Ob er Schulden gemacht hat? Das habe ich nie erfahren…

Ich kündigte bei der Bank und meine Eltern beim Vermieter.

Mein Arbeitgeber war sehr zufrieden mit mir und gab mir ein Zeugnis mit Empfehlung für die Filiale der Bank in Frankfurt. Isabella wohnte aber in Nürnberg. Keine Sekunde dachte ich, dass ich den Job nicht bekommen würde… Und nie dachte ich, dass Frankfurt so weit weg von Nürnberg sei. Ich hatte von solchen Dingen keine Ahnung. Wirklich gar keine Ahnung…

Bald würde sich mein Leben unwiederbringlich verändern. Das war der Anfang vom Ende.

Ein Kopf voller Träume, eine Unmenge an Naivität, viele Gegenstände im Gepäck und den Glauben an das Gute im Menschen begleiteten mich auf diese Untergangsreise.

Ahnungslos ließ ich mein schönes, unbekümmertes Leben zurück, erfüllt mit Hoffnungen, die sich bald als leere Hoffnungen entpuppen würden.

Kapitel 2

Die Reise

Mein Vater besorgte die Flugkarten.

Wer in Brasilien damals in einem Reisebüro arbeitete, bekam einmal im Jahr Flüge geschenkt. Da nicht jeder fliegen wollte und das Geld eher knapp war, wurden diese Flüge oft verkauft, um die eigene „Haushaltskasse" zu verbessern.

Die Flugkarten waren für uns billiger und die Angestellten hatten auch etwas davon.

Doch diese Flugkarten hatten einen Haken...

Flüge waren nur buchbar, wenn Plätze frei waren, d. h. wenn nicht alle Plätze mit „Normalzahlenden" gebucht wurden. Diesen Haken kannten wir nicht, da die Verkäuferin die Flüge selbst gebucht hat - bis Rom.

14. April 1987.
Meine Mutter und ich, meine Gitarre, eine Menge Handgepäck in der Hand und im Frachtraum des

Flugzeugs: Noch mehr Gepäck und meine Hündin „Neném".

Der Flug ging von Rio nach São Paulo und von dort nach Rom.

Jetzt müssten wir nach Frankfurt umsteigen, doch es waren keine Flüge für uns gebucht! Ich habe auf Englisch, Portugiesisch, Französisch und mit fünf Brocken Deutsch versucht, die Situation zu klären. Nichts. Wir saßen da - im Niemandsland - zwischen Check-in und Einsteiggates. Es war Nacht.

Irgendwann war ich so verzweifelt, dass ich das Heulen angefangen habe. Ich weinte und weinte. Bis ein Sicherheitsmann auf uns zukam: „No Piangere! No Piangere!", sagte er ununterbrochen. Ich konnte kein Italienisch, aber mir war klar, was er meinte: Ich sollte nicht weinen. Ich versuchte ihm die Lage zu erklären - auf Englisch und mit fünf bis zehn Wörtern auf Deutsch. Da er fast nur Italienisch und Deutsch sprach, war es sehr schwierig, sich verständlich zu machen. Aber die Brasilianer finden immer Mittel und Wege und so konnte ich ihm mithilfe von Händen, Füßen, Zeichnungen und einem Misch-Masch von Sprachen alles erklären.

Pasquale war nett, gut aussehend und einfach unsere Rettung. Er brachte mich zu meinem Hund und nahm mich danach kurz zu einer kleinen Spazierfahrt durch Rom mit. Es war sehr dunkel und ich war so durcheinander, dass ich mich an nichts mehr außer an die Sterne erinnern kann. Ob wir überhaupt das Fluggelände verlassen haben?

Bald brachte er mich zurück und am Morgen sprach er ganz aufgeregt mit Gott und der Welt, gestikulierte wild durcheinander und lächelte endlich in unsere Richtung. Er hatte es geschafft! Wir würden nach Amsterdam fliegen und von dort aus nach Frankfurt, ohne umzusteigen.

Schade, dass ich ihn nie wieder gesehen habe und keine Kontaktadresse hatte. Also nutze ich jetzt die Gelegenheit, ein ganz herzliches Dankeschön zu sagen!

Wir waren schon zwei Tage unterwegs und nichts lief so, wie ich es gewöhnt war.

Auch die Ankunft war schrecklich. Unsere Koffer wurden alle aufgemacht und kontrolliert. Eine Menge Formulare waren auszufüllen.

Brasilianer haben wohl doch nicht so einen guten Ruf auf der Welt...

Egal. Wir waren endlich angekommen und nun - dachte ich - würde ich mich wieder entspannen können.

Willkommen in Deutschland

Am Flughafen warteten Isabella, Carlos, Daniel und Susana auf uns. Nur unsere Koffer waren nicht da. Erst zwei Tage später konnten wir unser Gepäck endlich abholen.

Isabella hat sich alle Mühe gegeben, die Situation zu vertuschen. Sie brachte uns in ihre Wohnung nach Nürnberg/Nußhof. Es war ein Hochhaus - für mich etwas ganz Normales. Eine 4-Zimmer-Wohnung mit Bad, Küche und Balkon. Dort lebte sie mit ihren zwei kleinen Kindern. Am Wochenende kamen die zwei großen und die Tochter einer portugiesischen Freundin von ihr. Da war die Bude voll. Irgendwann bekam ich mit, dass Isabella nicht arbeitete und von Sozialhilfe in einer Sozialwohnung lebte. Was das war, erfuhr ich erst viel später, denn bei uns gab so etwas nicht. In Brasilien gibt es keine staatlichen Sicherheiten, kein Arbeitslosengeld oder -hilfe, keine Sozialhilfe, Wohngeld o.ä. Alles war neu und unbekannt. Die drei, die nur am Wochenende heim kamen, machten ihre Ausbildung beim Kolping in Scheindorf.

Als meine Kleidung endlich angekommen ist, baute Carlos einen Schrank in seinem Zimmer für mich auf. Ich bügelte und er räumte auf. Es war sehr süß von ihm, mir so zu helfen. Mit meinen Cousins habe ich mich kaum gestritten. Sie waren wohl auch froh, etwas Abwechslung zu haben, denke ich.

Das Essen wurde immer knapper und wir hatten plötzlich kein Geld mehr. Da hat Isabella jemand kennen gelernt, der ihr und meiner Mutter ein paar Nähjobs für Schwarzgeld angeboten hat. Leider hatte er keinen Job für mich. Wir haben uns eine kurze Zeit damit über Wasser gehalten. Ab und zu begleitete ich Isabella und meine Mutter zur Arbeit. Dort gab es zumindest manchmal etwas zum Essen.

Ein Test beim Arbeitsamt und viele Gespräche mit Amerikanern brachten mir kein Glück. Für mich gab es keinen Job.

Das war kein Leben für mich. Ich fühlte mich verloren, überfordert, einsam. Doch ich hatte noch Hoffnung. Alles wird gut, dachte ich. Es muss.

Da ich einen Deutschen in Brasilien kennengelernt hatte, beschloss ich, ihn zu besuchen. Er zahlte mir die

Zugfahrkarte und ich bin zu ihm nach Tübingen gefahren.

Gerald war sehr bemüht. Wir gingen essen, zur Staatsgalerie, ins Kino, zum Frühlingsfest. Er zeigte mir den Fernsehturm, stellte mir seine Schwester vor, fuhr mit mir zu einer Burg und nahm mich mit in die Disco. Leider musste ich jedoch feststellen, dass er mehr wollte, als ich bereit war, zu geben. Und damit war die Freundschaft auch beendet. Bald fuhr ich wieder zurück zu Isabella und meiner Mutter nach Hause.

Daheim eskalierte die Situation immer mehr. Schlägereien, Schreie, Chaos. Ich war so etwas nicht gewohnt. Die Welt drehte sich bis dahin nur um mich, als Einzelkind. Nun war ich weit außen vor. Neugierig und naiv betrachtete ich alles, trotz meines Alters, mit Kinderaugen. Ich merkte gar nicht, was es aus mir machte. Ich wusste nur, dass ich darunter litt und dass ich es so nicht wollte.

Ich vermisste meinen Vater. Er hat mich schon immer beschützt und geliebt. Mir fehlte plötzlich sehr viel Liebe. Eine ganze Menge. Also bemühte ich mich, stets

Spaß zu haben. Ganz egal wie. Es war wohl für mich ein Fluchtweg, alles mit Spaß zu kompensieren.

Inzwischen lernte ich Jan in einer Studentendisco kennen. Er war so wunderschön! Blond und mit blauen Augen. Das kannte ich kaum. Sein Freund hat sich für Aurora interessiert. Irgendwie habe ich mich sofort verliebt. Er war so charmant... Wir kommunizierten auf Englisch, da er dies auch perfekt sprechen konnte. Trotzdem bemühte er sich, mir Deutsch beizubringen - ohne viel Erfolg. Diese Zeit hat mich alles andere vergessen lassen. Ich habe es einfach genossen, geliebt und bewundert zu werden. Während Aurora den Freund stets wechselte, blieb ich bei meinem Jan.

Jetzt war es an der Zeit, die Papiere für den Aufenthalt zu regeln. Das wusste ich nicht. Ich dachte, man könnte überall auf der Welt hin, dort leben und arbeiten. Was wäre denn schon dabei? Schließlich leben wir in Freiheit, oder? Weit gefehlt. Und damit gleich die böse Überraschung: Meine Mutter durfte als Portugiesin in Deutschland leben und arbeiten, doch als Brasilianerin hatte ich nicht das Recht dazu. Oha! Man erklärte mir, dass ich hier weder bleiben noch arbeiten dürfte. Zum Glück ist man in Brasilien erst mit einundzwanzig Jahren

volljährig. Deshalb würde ich hier bis zu meiner
Volljährigkeit „geduldet" werden. Danach müsste ich das
Land verlassen oder würde - wie man mir ganz deutlich
erklärt hat - „in Begleitung der Polizei" zurückgebracht
werden. Ich fühlte mich so, als hätte ich einen
Elektroschlag bekommen. Polizei? Ich habe noch nie im
Leben etwas verbrochen! Das Wort „Polizei" löst in
einem Brasilianer ganz komische Gefühle aus. Polizei
bedeutet Verbrechen, Drogen, Gewalt, falsches
Verhalten. Das wollte ich auf gar keinen Fall. Niemals
wollte ich mit der Polizei etwas zu tun haben. Ich war
mehr als geschockt. Und jetzt? Was passiert jetzt mit
mir?

Isabella - die alles immer zu lösen wusste - beruhigte
mich gleich. Kein Problem. Wir fahren nach Portugal,
beantragen für mich die portugiesische
Staatsangehörigkeit und kommen wieder zurück. Ganz
einfach und locker. Ja. Das war eine sehr vernünftige
Lösung.

Carlos machte eine Ausbildung als Mechaniker. Dort
kaufte Isabella ein Auto für mich. Total paradox, aber
damals habe ich nicht viel darüber nachgedacht. Wir
warteten auf die Zahlung des Schwarzgeldes, um reisen
zu können.

Ich war jung und unerfahren. Habe keine weiteren Gedanken verschwendet. Es würde doch alles gut werden. Endlich.

Am 02. Juni 1987 ging die Reise nach Portugal los. Ich fuhr über vierundzwanzig Stunden am Stück. Wir hatten als Proviant Cola, Orangen und Schokolade. Während der Fahrt spuckte ich die Kerne aus dem Fenster und bekam sofort eine Ermahnung von Isabella: „Hier wirft man nichts durch das Fenster. Es ist verboten!". Komische Welt, dachte ich… Haben die vielleicht Angst, dass Orangenbäumen plötzlich in Europa wachsen würden? Aber anscheinend war in Deutschland eh alles verboten: Auf Gras laufen, Müll in fremde Mülltonnen zu werfen, nachts ohne Begleitung von Erwachsenen auf der Straße sein (obwohl es in Deutschland kaum Kriminalität gab). Somit stellte ich ihre Aussage nicht in Frage.

Das Geld war verbraucht und ich musste schlafen. Fünf Stunden im Auto waren ausreichend. Ich war müde. Doch wie sollten wir tanken?

Isabella hat sich an einer Tankstelle Geld von einem portugiesischen LKW-Fahrer geliehen. Damals dachte ich, sie würde ihm das Geld wieder geben… Tja, so kann man sich täuschen…

In Coimbra habe ich meine Freunde wieder gesehen. Es war sehr schön, obwohl ich mir immer wieder Sorgen um meine Mutter und meine Cousins in Deutschland machte. Die Zeit verging und nichts geschah. Isabella amüsierte sich, gab Geld aus, freute sich, aber kein Wort über Papiere o.ä. Immer wieder fragte ich sie, wann wir uns endlich um die Papiere kümmern würden.

Dann kam endlich der so ersehnte Tag. Wir fuhren zum Konsulat.

Im brasilianischen Konsulat in Porto konnte man mir nicht helfen. Es ist nicht so einfach, eine neue Staatsangehörigkeit zu bekommen. Auch nicht, wenn man als Brasilianer portugiesische Eltern hat. Ich würde beweisen müssen, dass ich seit Jahren in Portugal lebe. Und das konnte ich nun wirklich nicht. Ich war einfach nur enttäuscht und fragte mich immer wieder, wie die Sachlage in Deutschland war.

Nun musste ich nach Lissabon, wo mir erklärt wurde, dass meine Situation nicht zu ändern war.

Isabella fing an, sich unmöglich zu benehmen. Spaß war alles, wofür sie sich interessierte. Ich war zum zweiten Mal im Leben total verzweifelt. Ich wollte mein Leben selbst in die Hand nehmen, meine Mutter mit mir mitnehmen, einfach raus aus dieser Zwickmühle.

Endlich haben wir telefonieren können. Meiner Mutter ging es gut, sagte sie und mein Vater würde bald kommen. Das erfüllte mich mit viel Freude, trotz dieser unendlicher Warterei.

Zwei Tage später jedoch rief meine Mutter wieder an. Isabella sollte sofort zurück, da sie keinerlei Geld mehr hatte. Da erfuhr ich, dass meine Mutter nur noch gearbeitet hat und Isabella das gesamte Geld immer wieder geschickt hat, damit wir zurückkommen konnten. Doch Isabella gab das Geld einfach so aus. Meine Mutter hungerte und ich verzweifelte. Ich hatte Angst, mein Leben, meine Mutter und meinen Frieden zu verlieren. Weitere zwei Tage vergingen. Meine Mutter rief wieder an, weinend. Ich erlitt damals wohl meinen ersten körperlichen Zusammenbruch. Ich zitterte, mir war übel, ich konnte kaum atmen und bin fast zusammengebrochen. Mein Herz raste mit einer mir bisher unbekannter Geschwindigkeit. Trotz meiner Bemühung, die Zeit irgendwie zu überbrücken, ist es mir nicht mehr gelungen, fröhlich zu sein. Mir war nur noch schlecht. Meine Tage bestanden nur noch aus Warten. Warten auf die Rückkehr zu meiner Mutter, welche uns unermüdlich immer wieder Geld schickte. Erst am 01. Juli 1987 fuhren wir endlich los. Dafür hat mir mein Lieblingscousin Sérgio Geld geliehen. Er konnte wohl nicht mehr aushalten, mich so fertig zu sehen.

Doch durch Frankreich durfte ich nicht mehr fahren - kein Visum. Na prima. Das Geld war eh sehr knapp. Wir mussten zurück und ein Visum beantragen. Der Tank war immer wieder leer. Wir haben uns mehrmals verfahren. Es war eine Horrorfahrt. Endlos, ermüdend, verspannt. Doch am 03. Juli 1987 konnte ich meine Mama wieder im Arm nehmen. Die Erleichterung war immens groß. Ich fühlte mich wieder geborgen und schöpfte neue Kraft.

Das Leben ging so weiter. Ich baute einen kleinen Autounfall und fühlte mich immer schlechter. Nun wurde ich krank. Trotz Fieber musste ich Fahrerin spielen. Da das Auto nie gewartet wurde, gingen bei einer Fahrt die Bremsen plötzlich nicht mehr. Zum Glück ist nichts passiert. Die Katastrophen häuften sich. Murphys Gesetz…

Nach und nach wurde mir die Situation immer deutlicher. Womit Isabella alles kaufte, blieb mir jedoch ein Rätsel. Als unsere Telefone abgeholt wurden, sagte sie, sie wurden nur repariert werden. Lügen über Lügen. Doch ich glaubte immer noch, dass alles wieder gut werden würde…

Meine Mutter aber wusste, worin das Problem lag. Nur sagen wollte sie es mir nicht. Ende Juli gab es eine so heftige Diskussion, dass meine Mutter zusammengebrochen ist. Sie musste ins Krankenhaus. Fünf Tage war sie stationär aufgenommen worden. Warum? Weiß ich nicht. Immer hörte ich nur, dass alles in Ordnung sei. Mir wurde die Wahrheit konsequent verschwiegen und da ich daran gewöhnt war, dass andere alles für mich regelten, fand ich mich rasch damit ab.

Zu Hause gingen die Streitereien weiter. Oftmals hielt ich mir die Ohren zu, um nichts mehr zu hören. Es fraß mich auf, diese Unruhe.

Häufig konnten wir nicht weggehen, weil kein Geld mehr da war. Das Leben war ein Kampf - auch wenn ich noch viel zu jung und unerfahren war, die Situation richtig zu bewerten. Das alles zerrte unermüdlich an meinen Nerven.

Bei einem Streit erlitt ich wieder einen Nervenzusammenbruch. Ich zitterte und fühlte meine Arme und mein Gesicht nicht mehr. So etwas ist mir in Brasilien nie passiert. Dort war meine heile Welt, aber jetzt war ich hier und mir ging es körperlich immer schlechter.

Am 09. August 1987 kam mein Vater nach. Ich wäre beinah vor Freude geplatzt.

Er schaute sich das ganze Elend an und beschloss, gleich wieder zurückzufliegen. Er war total entsetzt. Wie immer redeten wir nicht viel miteinander. Es ging an mir vorbei - warum auch immer. Er hoffte immer noch, dass ich mit Eugênio zusammen bleiben würde. Doch ich hatte Jan, auch wenn der zu dieser Zeit in Urlaub war. Ich musste mich anders beschäftigen. Eugênio würde wahrscheinlich nicht kommen können. Das Leben musste weitergehen. Ich musste eine Lösung finden und mich seelisch schützen. Ich blendete unbewusst vieles aus und konzentrierte mich auf die wenigen Sachen, dir mir gut taten. Mein Gehirn war wohl vernünftiger als ich und arbeitete so gut es konnte.

Stets waren wir unterwegs: Bekannte von Isabella besuchen, Schwarzarbeit, Papiere besorgen, Bekannte meiner Cousine suchen, etwas erledigen, jemanden irgendwohin fahren oder abholen usw. Isabellas Leben bestand fast nur aus „unterwegs sein". Langsam fing ich an, an allem zu verzweifeln und meine Gedanken überschlugen sich immer öfter. Plötzlich wusste ich nicht mehr, ob ich mich über meinen neuen Freund freuen sollte oder doch lieber bei meinem Verlobten hätte bleiben sollen.

Ich schrieb und erhielt Briefe an und von meinen Freunden in Brasilien. Doch zunehmend nahm ich die Situation immer ernster… Mein Vater hat mir schon immer alles ermöglicht. Mir hat es nie an etwas gefehlt. Doch plötzlich hatte ich gar nichts mehr. Ich kann mich noch daran erinnern, dass meine Mutter mir irgendwann ein Lineal und einen Stift in der Stadt gekauft hat. Ich habe vor Freude geweint. Ein paar Blätter und ein bisschen etwas für mich. Es war nicht viel, doch Geld für mehr war nicht da. Ich war noch nie im Leben so arm. Doch das sollte noch härter werden, denn jetzt hatten wir nicht einmal genug zu Essen daheim.

Isabella und meine Mutter mussten in eine andere Stadt zum Nähen. Ich war plötzlich immer mehr mit den zwei Kleinen alleine. Da ich nie was im Haushalt gemacht habe, wusste ich absolut nichts. Und da stand ich: 20 DM für uns drei plus die anderen drei am Wochenende. Wie macht man eine Dose auf? Wie kocht man? Wie

funktioniert eine Waschmaschine? Ein Herd? Ein Ofen?
Ich habe alle Bedienungsanleitungen gelesen, die ich
gefunden habe. Ein Glück war auch alles auf Englisch
dabei, denn sonst hätte ich verloren. Ich konnte kein
Wort Deutsch.

Rezepte zum Nudelkochen, Eier machen usw. Bald lernte
ich alles, bzw. brachte mir selbst alles bei. Das Geld
reichte aber nicht. Es gab also gekochte Zwiebeln und
Tomaten. Am Wochenende bekam jeder eine Scheibe
Toast und manchmal reichte das Geld für je ein Ei zum
Mittagessen. Zum ersten Mal im Leben habe ich
gehungert. Richtig gehungert. Hungern ist etwas
Schreckliches! Es tut sehr weh und man wird sehr
schwach, für Krankheiten anfällig, lust- und kraftlos. Ich
weiß nicht, wie es gewesen wäre, wenn ich nicht so jung
und gesund gewesen wäre... Sicher ist jedoch, dass ich
nie wieder hungern möchte. So etwas muss man erlebt
haben, um es richtig zu verstehen. Und dass es so weit
kommen würde, hätte ich nicht im Traum geglaubt... Zu
dieser Zeit wusste ich nicht, dass Menschen heutzutage
noch hungern... Und schon ganz und gar nicht in
Deutschland...

Isabella war eine Frohnatur. Nichts war ihr ernst genug.
Sie dachte, das Leben ist ein Spielfeld. Sie weinte nie.
Auch nicht, wenn wir hungerten.

Einmal schickte uns Isabella in die Disco Airport. Das wurde zu unserem einzigen Spaß im Leben. Jeden Samstag zogen wir per Anhalter los in die Disco. Für jeden gab es ein einziges Getränk - die ganze Nacht. Dann mussten wir bis zum Schluss bleiben und später weit laufen, denn die Straßenbahnhaltestelle war weit und die Strabas fuhren erst morgens wieder. Wir hatten sonst kein Geld und sind deshalb oft per Anhalter oder schwarz zurückgefahren. Durch immer neue Eintrittskarten für das nächste Wochenende waren wir gezwungen, immer wieder dorthin zu gehen - auch als wir krank waren - denn sonst hätten wir nie wieder fortgehen können. Klingt verrückt, doch wenn man jung ist, sind solche Ablenkungen unverzichtbar. Vor allem, wenn man sonst nichts zu lachen hat...

Nach drei Monaten war Schluss mit meinem Freund. Kein Wunder! Ein Junge aus gutem Haus hatte es plötzlich satt, stets mit solchen Menschen konfrontiert zu werden. Für die Deutschen mussten wir in der Kategorie „Asozial" einzuordnen gewesen sein. Ich hatte das Problem übersehen, weil ich nie zuvor in so einer Lage gewesen bin. Jungs aus guten Häusern kannte ich massenweise. Nur nicht in Deutschland. Und mir war nicht wirklich bewusst, dass ich nicht mehr das Mädchen aus gutem Hause war. Im Nachhinein betrachtet, war es eine sehr peinliche Situation. Manchmal schadet es also nicht, wenn man selbst nicht sieht, wo man hintritt...

Günther

Aber Jungs gab es wie Sand am Meer und ich war nie sehr lange alleine. Und das, obwohl ich zugenommen hatte (59 kg), lernte ich meinen „Ersatz-Jan" kennen. Es war anfangs schon sehr witzig, da er nur Deutsch sprach und wir kaum kommunizieren konnten. Kennen gelernt haben wir uns in der Disco. Wir nannten ihn „der Mann mit der braunen Jacke". Er schaute mich immer nur an, lachte, rauchte, trank und lachte wieder.

Irgendwann kam er mich zu Hause besuchen. Wir fingen eine Beziehung an. Es fiel mir auf, dass er immer nur Joghurts gegessen hat. Erst später verstand ich, dass er auch nichts zu essen hatte.

Seine Eltern hatten ebenfalls ein Haus in Nußhof und seine Schwester wohnte in der Nähe. Er kam immer öfter bei mir vorbei und irgendwann täglich. Warum auch immer - ich habe mich nie gefragt, warum jemand nichts zu essen hat, wenn die Eltern sogar ein Haus besitzen… Damals war ich wohl wirklich durcheinander. Ich dachte fast nur daran, wie ich mein Problem lösen könnte. Für mehr Gedanken war ich wohl nicht fähig gewesen.

Der Alltag ging weiter wie bisher. Meine Mutter und Isabella waren oft unter der Woche weg, doch jetzt war Günther da. Sehr prickelnd ist es nicht gewesen, aber immerhin eine Ablenkung.

Er brachte mich irgendwann zu seinen Eltern, d. h. zu seiner Schwester, wo seine Mutter zu Besuch war. Sie sprach sehr gut Englisch und ich habe ihr erklärt, dass ich bald wieder würde weggehen müssen, da ich nicht in Deutschland bleiben dürfte. Sie sagte sofort, dass ich Günther heiraten sollte. So würde ich in Deutschland bleiben können. Sie sprach dann mit ihm und er machte den Eindruck, als wäre er nicht wirklich glücklich mit was auch immer sie zu ihm sagte, doch verstanden habe ich sowieso kein einziges Wort. Sie schien das Ganze aber optimal zu managen und organisierte alles für die Hochzeit. Für mich war das DIE Lösung. Endlich keine Sorgen mehr und endlich Arbeit. Wieder auf eigenen Füßen stehen. Ja. Das war ein wunderbares Gefühl.

Wir besorgten also alle Papiere und vereinbarten einen Termin beim Standesamt. Für mich kaufte Isabella einen Overall in weißer Farbe mit goldenen Knöpfen und einen kleinen Blumenstrauß. Das war mein „Hochzeitskleid". Aber es war mir egal. Für ein Kleid wäre eh kein Geld da gewesen und da ich genügsam war, stellte es für mich kein Problem dar.

Im März 1988 heirateten wir. Meine Mutter fand das überhaupt nicht gut, aber mir ging es nur um mich. Ich habe ihr gesagt, dass ich Günther liebe, damit sie besser damit leben kann. Vielleicht habe ich mir sogar eingebildet, ihn zu lieben. Ich weiß nicht mehr genau. Damals war das Leben so was von unrealistisch und ermüdend... Ich war so verblendet und verzweifelt, dass ich kaum eine ordentliche Entscheidung hätte treffen können.

Seine Mutter hat eine „Hochzeitsfeier" organisiert, d. h. meine und seine Familie zum Essen bei sich daheim eingeladen, wo sie mir währenddessen klar gemacht hat, dass normalerweise die Familie der Braut für die Feier zuständig ist. Ich war etwas verwirrt, zumal sie wusste, dass wir kein Geld hatten. In diesem Moment hätte mir klar werden sollen, wer sie wirklich war. Dies geschah aber nicht.

Sie organisierte auch eine Sozialwohnung in der Tullnau und schickte uns zu Caritas, um Möbel, Geschirr usw. zu besorgen. Zum Glück hatte ich schon sehr viele Sachen, die ich aus Brasilien mitgebracht habe. Die Wohnung war eine 2-Zimmer-Dachwohnung im vierten Stock ohne Aufzug und wurde also mit Plastiktischen, Stühlen usw. möbliert. Dort wohnten viele neugierige Menschen. Ich war es nicht gewohnt, beobachtet zu werden. In

Brasilien wohnen dreißig bis zweihundert Menschen pro Etage in einem Hochhaus mit zehn bis fünfzehn Stockwerken. Keiner interessiert sich für das, was der Nachbar macht. Doch so ist es in Deutschland nicht. Man wird beobachtet. Jeder weiß, wann du das Haus verlässt oder wann du wieder kommst, wie laut du fernsiehst, wie oft du dich streitest, wann du grillst oder ob du die Hausordnung vergessen hast. Es ist fast so, als würde jeder auf der Lauer sein, um im richtigen Moment angreifen zu können: „Jetzt ruf ich aber die Polizei!". Da sind die Verbrecher in Brasilien besser getarnt! Und dort ruft keiner die Polizei... Dort herrscht doch mehr von der Freiheit, die hier nur gepredigt, jedoch nicht wirklich gelebt wird.

Es ist doch nicht alles besser, hier in der ersten Welt...

Ich wollte nun arbeiten. Da ich nur Englisch sprach, besorgte mir das Arbeitsamt im September 1988 einen Job bei der US-Army. Die Arbeit machte Spaß, ich war beschäftigt, wurde gebraucht und verdiente Geld. Mein Leben fing endlich an, so zu laufen, wie es laufen sollte. Doch auch das war leider ein Irrtum. Ich hatte eben den allergrößten Fehler meines ganzen Lebens begangen: ich hatte Günther geheiratet. Nur sehen konnte ich es noch nicht.

Ich lernte sehr schnell Deutsch (es blieb mir auch nichts anderes übrig, wenn man gar keine andere Sprache mehr hörte) und langsam (sehr langsam) wurde mir klar, warum ich Günther heiraten sollte. Alle wollten ihn los werden, doch das erfuhr ich auch erst später. Zuerst wunderte ich mich, dass Günther nicht arbeitete. Er blieb nie länger als ein bis zwei Wochen bei einem Job. Meistens arbeitete er als Möbelpacker. Seine Freunde „campierten" bei uns. Stets war die Wohnung ein einziger Qualm. Er wollte nur drei Sachen im Leben: Essen, Rauchen und Sex. Dazu kamen die Horrorfilme. Tagtäglich. Dabei war das Leben schon Horrorfilm genug...

Jeden Tag eine neue, schreckliche Entdeckung. Die Qual Deutschland wollte niemals enden.

Bei dem Umzug fiel mir auf, dass einige Schmuckstücke fehlten. Dies ist schon damals passiert, als ich noch bei meiner Cousine gewohnt habe. Zu der Zeit dachte ich, dass jemand das einfach verlegt hatte. Na ja, bei Umzüge gehen viele Sachen verloren. Erst nach Monaten bemerkte ich, dass immer mehr fehlte. Ich verdächtigte Günthers Freunde, durfte aber nicht oft darüber reden, weil Günther ziemlich schnell aggressiv wurde.

Außer seinen Freunden und meiner verrückten Familie hatte ich kaum mit jemand anderes Kontakt. Mein Cousin ging seinen Weg und lernte seine Pamela kennen. Elisa zog mit ihrem Freund zusammen und lebte in einer anderen Stadt. Aurora war auch verschollen.

Eine Ex-Freundin von Günther wohnte in der Nähe. Ich lernte sie und ihren Mann kennen und schon war sie meine einzige und beste Freundin geworden.

Corinna war ganz anders als meine früheren Freundinnen, aber es war schön, zumindest jemanden zu haben, mit dem ich reden konnte.

Ich musste mich mit diesem Leben irgendwie anfreunden. Man versucht, einen Weg zu gehen, immer besser zu werden und Gutes zu tun. Man muss glauben und davon überzeugt sein, dass alles irgendwann besser wird. So dachte ich zumindest...

Es dauerte nicht lange und ich wurde schwanger. Auch das noch! Da ich keinerlei Erfahrungen hatte, konnte ich die Schwangerschaft nicht verhindern. Die Dinge kommen so, wie sie kommen sollen und ich freute mich dann schon auf mein Kind. Doch Günther wurde immer schlimmer, arbeitete gar nicht mehr, rauchte nur noch, war sehr gewalttätig. Ich wollte dieses Leben nicht mehr. So hatte ich es mir nicht vorgestellt. Es fehlte die Liebe, die Verantwortung, die Perspektive, die Hoffnung. Für eine kurze Zeit wurde ich sehr schwach.

Ich hielt das nicht mehr aus und rief seine Mutter an. Ich flehte sie an, mir Geld zu leihen, damit ich zurück kann. Ich hätte ihr alles zurückbezahlt, denn schließlich hatte ich in Brasilien sehr gut verdient und die Bank, wo ich früher gearbeitete habe, wollte mich unbedingt behalten. Aber das glaubte sie mir nicht. Sie fragte mich, ob ich noch ganz sauber sei. Ihr Geld würde ich niemals sehen. Sie hat nicht verstanden oder wollte nicht verstehen, dass ich niemals ihr Geld würde behalten wollen. Das wäre für mich undenkbar, denn so etwas wäre Diebstahl. Verbrechen kamen für mich niemals in Frage - auch nicht im Notfall!

Doch die Beziehung zwischen Deutsche und Geld ist eine ganz andere. Hier denken die Menschen auf sehr materielle Art und Weise. Geld ist nicht nur Geld, sondern Macht, Ruhm und Anerkennung. Es ist fast so, als würde man weniger wert sein, wenn man weniger Geld hat. Alle denken, dass die anderen nur ihr Geld wollen. Das kommt davon, wenn man sich so wenig mit dem Charakter anderer Menschen oder Kulturen beschäftigt. Ausländer sind schlecht, weil sie anders sind. Sind andere Kulturen wirklich „schlechter"? Oder sind wir vielleicht nur zu blöd, um zu erkennen, dass anders nicht unbedingt schlechter sein muss? Ist es eine Frage des Stolzes? „Nur wir Deutsche wissen, was gut und richtig ist." In diesem Fall wäre es in der Tat schwer zuzugeben, dass eine Ausländerin nicht betrügen würde. Es würde den Stolz verletzen. Natürliche Schutzmaßnahme?

Ich musste also weitermachen, aushalten, durchhalten. Vom ersten Elend ab ins zweite Elend. Mit Deutschland habe ich wirklich ein großes Los gezogen…

Also ging ich weiter arbeiten, ertrug weiterhin alles brav. Ich war zwar nicht der Familienchef, aber diejenige, die das Geld verdiente. Mein Bauch wuchs und wuchs. Und ich sah zu, wie mein Hund von Günther getreten wurde, wie er nur an sich dachte und das Geld, das ich verdiente - in der Spielhalle, wo er inzwischen ab und zu jobbte - in den Automaten einwarf. Es war alles asozial, ich fühlte mich unwohl, wusste aber, dass es weitergehen musste. Alle Ausgänge waren für mich versperrt. Alle Joker verspielt. Meine Hoffnungen waren wie eine Seifenblase in der Luft zerplatzt. Die Realität holte mich ungebremst ein.

Das Leben änderte sich nicht. Arbeiten, Hausarbeit und etwas Spaß. In unserer Freizeit spielten wir kostenlos Billard in der Spielhalle, tranken Kaffee bei Corinna, trafen uns mit der Nachbarin (somit hörte sie auch auf, uns nachzuspionieren), schauten Videos mit seinen Freunden daheim an und gingen ab und zu in die Disco.

Als ich ungefähr im vierten Monat schwanger war, baute Günther einen Unfall. Das Auto gehörte seiner Mutter. Davon ist nicht viel übrig geblieben. Es war am Mittleren Ring und ich sah zum ersten Mal den Tod direkt in die Augen. Es regnete und Günther bildete sich ein, ein Rennen machen zu müssen. Wir kamen ins Schleudern und prallten zweimal gegen das Geländer einer Brücke. Bei jedem Aufprall sah ich das Geländer schnell näher kommen und dachte: „Das war's. Ich werde jetzt sterben." Dabei ist meine Brille zu Bruch gegangen, so dass ich kaum etwas sehen konnte. Ich sah plötzlich nur noch Rot. Überall Blut. Die Polizei sagte, dass es ein Wunder war, alle lebendig zu sehen, denn die Batterie flog sechzig Meter weit, kein einziges Glas oder Reifen war noch ganz. Die drei Freunde, die hinten saßen, erlitten große Schnittwunden, ich hatte beide Knie blau - und Günther? Günther hatte nichts. Er stieg gemütlich aus dem Auto aus, fand fünf DM auf dem Boden und freute sich. Gott muss sich in diesen Moment entweder ein Spaß erlaubt, oder sich beim Beschützen gewaltig geirrt haben. Aber das war typisch für Günther und langsam kam es mir so vor, als wenn wohl nur die Glück hätten, die es nicht verdient haben.

Die drei anderen und ich wurden von der Feuerwehr und der Polizei aus dem Auto geholt und in den Krankenwagen gebracht, von dort dann ins Krankenhaus gefahren. Ob Günther überhaupt ein Gehirn besaß?

Mir ging es rasch besser, denn das Blut auf meinen Klamotten war nicht von mir. Die anderen drei waren viel zu voll gepumpt mit Drogen, um etwas mitzubekommen. Und bald trafen wir uns wieder wie gewohnt daheim zum Videoabend.

Irgendwann habe ich es gewagt, Günther zu fragen, was das für eine Sorte Seife sei, die er und seine Freunde stets in die Zigaretten einmischten. Alle lachten mich aus. Als ich sagte, dass mir von dem Geruch schlecht wird, gab er mir vor seinen Freunden einen Tritt ins Kreuz. Ich fiel auf den Boden - hochschwanger - er trat nochmals zu und alle lachten. Ununterbrochen. Ich habe mich unendlich geschämt. Aber ich wollte es einfach wissen und dann wurde mir erst recht schlecht. Hasch. Es waren Drogen! Er und seine Freunde konsumierten die ganze Zeit Drogen in unserer Wohnung! Unfassbar!

Natürlich habe ich in der Schule gelernt, dass es Drogen gibt, wie sie heißen, was sie bewirken. Aber noch nie hatte ich Drogen gesehen, geschweige denn gewusst, wie man Drogen einnimmt. Meine Welt brach wieder in sich zusammen. Ich war völlig entsetzt, beschämt, durcheinander, alleine. Mir tat nichts mehr weh, da die Leere sich in meiner Brust breit machte. Ich wusste plötzlich nicht mehr wohin mit mir, wohin mit meinem Elend. Ich musste klar denken können, meine Ehe und mein Kind retten. Es war für mich selbstverständlich, dass man alles ändern und verbessern kann. Die Naivität wohnte wohl dauerhaft bei mir...

Und nun hatte ich die zündende Idee: Weg! Zurück nach Hause! In Brasilien wird alles anders. Es wird alles so, wie es früher war. Endlich! Dieser Gedanke reichte schon, um mich mit so viel Glück zu erfüllen, dass alles nur noch halb so schlimm wurde. Ich hatte nun einen Lichtblick, Hoffnung, einen Ausweg, ein Ziel. Ich platzte vor Freude.

Ich habe erfahren, dass wenn man ein Kind bekommt, man das Recht auf einen zinsfreien Kredit hat. 4.000,00 DM. Ich wollte das Geld nehmen und nach Brasilien zurück. Von dort aus dann diesen Kredit zurückzahlen. Perfekt.

Günther fand die Idee (zum Glück) klasse. Warum, weiß ich nicht. Vielleicht wegen Wetter, Strand und Meer? Zumindest war es damals so, dass, sobald man Brasilien erwähnte, alle nur daran dachten. Die wunderschönen brasilianischen Frauen halbnackt am Strand liegend. Ob die Deutschen dachten, dass Frauen nicht arbeiten müssen? Dachten sie vielleicht, dass es bei uns nie regnet? Na ja. Egal.

Als die Wehen kamen, bügelte ich. Ich rief meine Freundin Corinna an und erzählte ihr, dass ich Schmerzen hatte. Sie fragte, wie diese Schmerzen waren und wie oft ich sie hatte. Tja, alle vier Minuten…

Sofort ist sie mit ihrem Mann gekommen und schon waren wir unterwegs ins Krankenhaus. Es dürfte so gegen 22 Uhr gewesen sein.

Um 0:03 Uhr am 24. April 1989 kam dann Sophie zur Welt. Alle waren bei der Geburt dabei: Meine Mutter und Günther. Und alle waren sehr stolz auf das wunderhübsche Mädchen. Sophie strahlte und war ein relativ ruhiges Baby mit wenig Haaren. Nur schlafen wollte sie nicht wirklich.

Es hat sich rasch herausgestellt, dass sie im Auto am besten schlafen konnte. Hunger hatte sie dafür umso mehr und bald reichte meine Milch nicht mehr. Ich musste also zufüttern.

Bis Juni 1989 arbeitete ich noch. Danach war ich zu Hause. Schnell haben wir alles organisiert. Sachen per Schiff nach Brasilien verschickt, meinen Vater darüber informiert und den Kredit bei der Bank aufgenommen. Günther hat das Geld von seiner Mutter vorstrecken lassen, damit wir schon mal das eine oder andere bezahlen konnten. Flugtickets wurden gekauft, die Wohnung aufgelöst und schon im Juli saßen wir Fünf im Flugzeug Richtung Rio de Janeiro: Günther, Sophie, meine Mutter, unser Hund Neném und ich.

Meine Mutter kümmerte sich stets um Sophie, was mir sehr gut tat. Ich hatte wenig Erfahrung und war dankbar für jedes bisschen Ruhe, die ich in meinem Leben bekam.

(Alb-)Traum Brasilien

In Brasilien wohnten wir mit meinen Eltern zusammen. Da mein Vater Rentner war, konnten wir uns nur eine günstigere Wohnung leisten. Mit dem Kredit aus Deutschland kauften wir Möbel und investierten den Rest, was uns ein monatliches „Gehalt" garantierte. Ich kaufte die Zeitung, las die Stellenanzeigen, rief an, bewarb mich und es dauerte nicht lange, bis ich eine Stelle gefunden hatte.

Die Wohnung hatte drei Zimmer und befand sich etwas außerhalb der Stadt. Sie war nicht besonders schön oder groß, aber das war mir auch nicht wichtig.

Meine Stelle als Chefsekretärin bei F & K Schiffahrtskontor habe ich bereits im August angetreten. Ich verdiente das Sechsfache von dem, was eine normale Sekretärin dort verdiente, da ich mehrere Sprachen beherrschte (inkl. Deutsch). Meine Chefs waren sehr nett. Der eine war oft betrunken, doch beide standen zu mir. Vor allem Herr Kraus unterstützte mich sehr. Meine Kollegen waren auch alle sehr nett, bis auf die eine Sekretärin, Laura, die auf mich sehr eifersüchtig war. Sie war blond, hübsch und schon sehr lange in der

Firma. Wahrscheinlich auch nur deswegen, denn sie konnte gar nichts.

Mit meiner Freundin Corinna stand ich noch in Kontakt. Sie wurde sechs Monate nach mir schwanger und nannte ihre Tochter Sofie, da sie nicht wusste, ob ich jemals wieder nach Deutschland kommen würde.

Meine brasilianischen Freunde hatte ich alle wieder um mich herum. Es war sehr schön, wieder zu Hause zu sein. Ich fühlte mich geborgener. Fast so wie früher. Doch was sollte Günther machen?

Er lernte die Sprache schnell und war den ganzen Tag unterwegs. Meine Eltern kümmerten sich um Sophie, die friedlich, aufgeweckt und glücklich war. Günther machte Figuren aus einer Baumasse, sowie Schmuck, und ich machte abends noch Süßigkeiten, damit er das tagsüber in der Stadt verkaufen konnte. Einen anderen Job fand er nicht. Um den Haushalt kümmerte sich meine Mutter. Es war zwar alles nicht optimal, aber bis auf die „Standardstreitereien" mit Günther, friedlich.

Natürlich entsprach das alles nicht meiner Vorstellung von einem Eheleben, aber das war auch keine richtige Ehe. Nicht so, wie ich es mir damals mit Eugênio vorgestellt hatte: zu zweit, glücklich, unabhängig, verantwortungsvoll, liebevoll, ausgeglichen. Es kam alles anders und ich musste mich darauf konzentrieren, alles in die richtigen Bahnen zu führen.

Am Silvester bekam Sophie Angst vor dem Feuerwerk, deshalb blieben wir dann am ersten zu Hause. Meine Mutter hat mir einen Fotoapparat geschenkt und wir konnten endlich viele Fotos machen. Wir gingen einkaufen, bummeln und achteten immer darauf, möglichst wenig Geld auszugeben. Sophie musste alles in den Mund stecken oder zerreißen. Meine Eltern erlaubten ihr einfach jeglichen Blödsinn. Sie hatten nicht viel dazu gelernt und ich wusste auch noch nicht genug. Es war ein sinnloses Leben. So überflüssig wie das Gießen nach dem Regen. Zu dieser Zeit lebte ich nicht wirklich. Ich vegetierte eher. Oder noch besser: Ich fühlte mich wie Gemüse: Zweckerfüllend.

Eines Tages beschlossen mein Vater und Günther, in den Süden zu fahren. Eine Woche später kam Günther zurück. Allein. Mein Vater blieb weg. Ich habe nie erfahren, was passiert ist. Aber die Konfrontationen mit Günther nahmen täglich zu und ich dachte schon an Scheidung. Mein Vater war mir schon immer heilig gewesen. Meine Mutter wichtiger als irgendein Mann.

Und jetzt hatte ich noch Sophie. Günther verlor stets an Bedeutung.

Pünktlich zum Geburtstag meines Vaters lernte Sophie es, alleine zu sitzen. Mir kamen fast die Tränen! Alle Fortschritte waren ein kleines Wunder des Lebens.

Am 28. Januar 1990 war Sophies Taufe. Obwohl wir alles vorbereitet haben, war das ein Chaos. Sophie schrie die ganze Zeit, wir haben die falsche Uhrzeit aufgeschrieben und mussten nochmals kommen, mein Vater war schlecht angezogen, ihr Pate kam nicht. Fotos haben wir erst zu Hause gemacht. Schade...

Nun ging es los, Papiere zu besorgen. Wir wollten die Heirats- und Geburtsurkunden in Brasilien registrieren. Es war sehr schwierig, aber nach zwei Wochen habe ich es geschafft. In der Zwischenzeit wurde meine Mutter überfallen. Man hat eine Pistole auf Sophie gerichtet und ihr den Ehering abgenommen. Tja. Ich war wieder daheim und nicht in Deutschland...

Bereits im Februar konnte Sophie schon alleine stehen, doch sie biss sehr gern. Den ganzen Tag musste sie sitzen, aufstehen, krabbeln, laufen, beißen, zerreißen. Sie war zwar sehr schön, doch sehr anstrengend und eigenwillig.

Mit meinem Vater verstand ich mich immer besser. Wir unternahmen immer wieder etwas zusammen. Meine Freunde waren auch alle für mich da. Auf der Arbeit schloss ich noch mehr Freundschaften. Doch die Arbeit wurde immer mehr und ich musste stets Überstunden machen. Daheim tobte Sophie, die inzwischen schon angefangen hatte zu sprechen und noch mehr Arbeit wartete auf mich. Und dazu noch die Streitereien mit Günther… Ich nahm schnell ab. Es war wohl alles etwas zu viel für mich.

Plötzlich gab es überall Streit. Mit Günther, auf der Arbeit, mit meinen Eltern. Es war März. Die Regierung hat die Konten für anderthalb Jahre eingefroren. Nun war ich nur auf mein Gehalt angewiesen, was von vorne bis hinten nicht reichte. Ich war nur noch nervös - im Dauerstress. Dazu kam im April noch ein Diebstahl. Der Geldbeutel meiner Mutter war weg. Nicht nur ihre Papiere, sondern auch mein Geld war darin. Und schon standen wir wieder da, mit noch weniger Geld. Ich bat meine Chefs um Hilfe, doch das ging nicht. Sie haben mir immerhin eine Gehaltserhöhung angeboten. Meine Welt war dabei, wieder zusammenzubrechen. Nur noch Sorgen. Zu Hause ist alles komplett eskaliert. Günther schlug meiner Mutter ins Gesicht, meine Mutter rief die Polizei an. Mein Vater verlangte, dass wir sofort unseren Anteil an Haushaltsgeld bezahlen und verschwinden. Ich war völlig am Ende. Ich musste unbedingt wieder weg. Zurück nach Deutschland. Bestand mein Leben nur noch aus von A nach B und B nach A zu fliehen? Gab es überhaupt noch ein Zuhause für mich? Meine Gesundheit litt sehr darunter. Jeden Tag Streit. Ich konnte nicht mehr essen, weinte nur noch. Auf der Arbeit war es auch nicht mehr zu verbergen. Als wenn sich das Schicksal meldete, ging es zu Hause auch anders bergab: Verstopfte Rohre, Holzwürmer an Türrahmen und Fenster, Ameisen überall.

Um an Geld zu kommen, habe ich mir immer wieder etwas Neues einfallen lassen: Ich machte Schmuck, Seifen mit Pailletten, Süßigkeiten. Ich arbeitete also rund um die Uhr. Und wenn ich nicht arbeitete, dann stritten wir uns. Jeden Tag die gleiche Frage: „Wie lange wird der Frieden heute dauern? Fünf Minuten? Eine Stunde?" Magenschmerzen waren an der Tagesordnung. Immer wieder sich übergeben vor Angst.

Für Sophie hatte ich kaum Zeit und deshalb genoss ich umso mehr die knappe Zeit, die ich mit ihr verbringen konnte. Sie lachte viel, spielte gern verstecken, tanzte immer, wenn sie Musik irgendwo hörte. Doch sie biss auch sehr gern und geriet bei Feuerwerk komplett in Panik. Zeit für sie hatte ich fast nur morgens vor der Arbeit. Da putzten wir zusammen die Zähne und frühstückten. Sie wollte nur mein Essen haben. Sie war mein Glück. Mein einziges Glück. Einmal am Wochenende sind wir sogar in den Zoo gegangen, Sophie fand die Aras, die Affen und die Ameisenbären am Schönsten. Es war für sie etwas ganz Besonders. Doch ihre Lieblingsbeschäftigung blieb Treppe rauf und runter laufen. Das machte mein Vater stundenlang mit ihr. Mein Glück war also extrem begrenzt, aber ich funktionierte. Immer ziemlich am Rande der Erschöpfung. Aus Verzweiflung, aus Orientierungslosigkeit. Der Drang etwas tun zu müssen, damit alles nur nicht noch schlimmer wird. Immer in Bewegung. Wie ein Hamster im Rad.

Nun wurden auch noch die Gehälter eingefroren. Die Regierung Collor machte, was sie wollte. Und die Situation zu Hause eskalierte noch mehr. Kein Geld, massenweise Streit und Stress. Mein Vater wollte schon allein ausziehen, um das Ganze nicht mehr mitzubekommen. Meine Mutter war völlig verzweifelt. Und ich ebenfalls.

Ich versuchte alles Mögliche zu verkaufen, um an Geld zu kommen, doch nichts bekam ich verkauft. Eine andere Wohnung konnte ich mir nicht leisten und noch immer arbeitete Günther nicht. Ich fing an, Deutschunterricht in meiner Freizeit zu geben und gab nicht auf, Bewerbungen zu schreiben, um einen besseren Job zu finden.

Jetzt ging es meiner Mutter gesundheitlich immer schlechter. Diabetes, hoher Blutdruck. Was sollte denn noch alles auf mich zukommen? Ich kämpfte unermüdlich. Ich schwamm nur noch gegen den Strom. Ich wurde immer weniger, konnte aber nicht aufhören. Es musste doch irgendwo einen Ausweg aus dieser Situation geben! Ich habe nie daran gedacht, aufzugeben. Obwohl alles tagtäglich schlimmer wurde.

Das Elend lässt nicht lang auf sich warten... Im Juli rief mich Günther auf der Arbeit an, weil es ihm nicht gut ging. Ich ahnte schon, dass etwas nicht stimmte. Als ich heim kam, stellte ich fest, dass er ein paar Messerschnitte am Arm hatte, mit einer Schere hat man ihm in den Bauch gestochen und mit einem Brett die Nase gebrochen. Ein Freund begleitete uns ins Krankenhaus. Mit wem hat er sich bloß diesmal eingelassen???

Nun war auch Sophie krank: Fieber, Erbrechen, Durchfall. Ihr Bett musste in dem Zimmer meiner Mutter aufgestellt werden, da ich nachts schlafen musste, um arbeiten zu können. Doch bald wurde auch ich krank und es hörte nicht auf. Ich nahm weiter ab.

Mein Geburtstag war schrecklich. Meine Mutter weigerte sich, einen Kuchen zu backen, Günther schenkte mir, wie immer, nichts. Meine Freunde haben sich nicht blicken lassen. Wohl zu dicke Luft bei uns... Zumindest auf der Arbeit gab es Kuchen und alle haben mir gratuliert. Was ist nur aus meinem Leben geworden? Was ist aus der Lúcia von früher übrig geblieben?

Ich war dabei, mich selbst aufzulösen. Aber richtig sah ich das nicht. Ich verfolgte nur eisern den Gedanken des Auswegs, der Hoffnung, des Glaubens. Trotz schwindenden Kräften.

Die Chefs haben es angekündigt, und schon gab es mehrere Entlassungen. Jetzt musste ich noch mehr alleine erledigen, noch mehr Überstunden machen. Daheim eskalierte es weiter und Sophie fing an, noch mehr zu beißen. Die monatelange Job- und Wohnungssuche war bisher ergebnis- und die Situation ausweglos. Ich weinte nur noch, manchmal schon ab sechs Uhr morgens. Bereits im August dachte ich darüber nach, einfach zu verschwinden, zu sterben oder irgendwas zu tun, was mich aus dieser Lage bringen würde. Ich traute mich nicht, meinen Freunden etwas darüber zu erzählen.

Günther musste vor Gericht, da man ihn nicht mehr im Land haben wollte. Er war der Meinung, dass ich ihn benutzt habe, um wieder nach Brasilien zu kommen, doch so etwas würde ich niemals machen. Niemals würde ich Menschen zu irgendeinem Zweck benutzen. Das gehörte nicht zu meiner Erziehung. Ich wollte nur, dass unsere Ehe sich ändert, dass er aufhört, Drogen zu nehmen und eine Arbeit annimmt. Ich wollte das Beste und musste nun zusehen, dass Wünsche selten oder gar nie in Erfüllung gehen.

Günther hatte einen neuen Freund, einen Argentinier. Er brachte ihn zu uns nach Hause und bald verstand ich, was sein „Freund" für einer war. Er versorgte Günther mit Drogen und rauchte sogar bei uns daheim. Die Nachbarn beschwerten sich über den Drogengeruch im Treppenhaus, aber der Typ schlief immer öfter bei uns. Meine Eltern sagten zunehmend, dass er ein Penner war. Ich konnte mich Günther gegenüber aber nicht durchsetzen, hielt jedoch alles geheim, um meine Eltern nicht zu beunruhigen.

Nun wurde Günther verhaftet. Ich erhielt einen Anruf auf der Arbeit und mir wurde eiskalt. Ob ein gewisser Günther Schmitt mein Mann wäre? Die Frage hätte ich sehr gern mit nein beantwortet, aber leider musste ich bejahen. Zum Glück hatte ich einige Freunde bei der Polizei, welche ich sofort anrief. Ich musste meine Arbeit verlassen, um Günther abzuholen. Er saß unter einem Schreibtisch, in Handschellen, völlig vollgepumpt mit Drogen. Die Hälfte meines Gehalts musste ich als Bestechung aufbringen, damit die Polizei ihn nicht in eine Zelle steckt und auf eine Anzeige verzichtet.

Ich wollte nichts mehr damit zu tun haben, doch ihn dort lassen konnte ich auch nicht, zumal ich auf gar keinen Fall zulassen konnte, dass meine Eltern so etwas erfahren. Sie sollten es nie wissen, nie leiden müssen. Also musste ich weg. Zurück nach Deutschland war die einzige Chance, meine Eltern davor zu schützen. Mein Chaos-Leben zerstörte mich und meine Familie. Das Leben ist kein Spiel.

Auf der Arbeit hatte ich auch gute Freunde. Man hat mir sogar angeboten, Günther „verschwinden" zu lassen. Für damals 20 DM wäre die Sache erledigt gewesen und ich würde nie wieder leiden müssen, denn man sah Tag für Tag, wie sehr ich darunter litt. Ich wog nur noch 45 kg. Täglich angeschwollene Augen. Immer wieder Tränen während der Arbeit. Doch so etwas konnte ich doch nicht machen! Ich musste dafür sorgen, dass Günther in seinem Land glücklich wird, wie es sich für jeden Menschen gehört.

Zusammen mit Cesário, einem langjährigen Polizistenfreund, habe ich mit Günther geredet. Wir müssen Geld sparen und wieder zurückgehen. Er hat es verstanden (hoffte ich).

Immer wieder wurden wir von Krankheiten geplagt. Immer wieder Erbrechen und Durchfall. Im Krankenhaus wusste nie jemand, was wir hatten. Das Leben war so hart wie noch nie.

Langsam verkauften wir alles, was wir hatten: Fernseher, Aquarium, Klimaanlage usw.

Sophie war immer noch mein Sonnenschein, obwohl sie mir das Gesicht zerkratzte und mir ins Bein biss. Sie wollte am liebsten viele Autos sehen und immer „in Action" sein. Den ganzen Tag sagte sie nur „mamãe" (Mama), was Günther sehr ärgerte. Außerdem küsste sie ebenfalls sehr gern: Mich, das Sofa, die Wände usw. In jeder freien Minute spielte ich mit ihr. Bälle hatte sie ganz gern. Je größer, desto besser. Ich liebte sie sehr.

Aber trotzdem war Handeln angesagt. Ich rief in Deutschland an, weil wir dann einen Ort brauchten, wo wir hingehen könnten. Mein Cousin lehnte ab, Corinna ebenfalls und schließlich auch Isabella. Ich fing wieder an, zu verzweifeln. Schließlich gab Isabella nach.

Inzwischen eskalierte die Situation zwischen meinem Vater und Günther. Günther ging mit einem Messer auf ihn los und ich musste dazwischen gehen. Mir war es egal, ob einer von beiden mich abstechen würde. Verwirrte Schreie, Tränen, Panik. Ich schubste rechts, links und wieder rechts. Ich wollte die Uhr zurückdrehen oder die Zeit anhalten oder eine Mauer in einer Sekunde bauen. Ich befand mich jenseits von hier und jetzt. Ich war die Superheldin, an der alles aufprallt. Ich war der Schutzschild zwischen den beiden. Und ich war klein. Ich fühlte mich so unendlich klein und machtlos… Da hat mein Vater mich in den Arm genommen und zum ersten Mal gesagt: „Ich liebe dich, meine Tochter, aber du hast einen Kriminellen geheiratet." Am liebsten hätte ich ihm zugestimmt, aber das sollte er nicht erfahren. Ich war aber in seinen Armen. Und ich hatte schöne Worte gehört. Es war als hätte ich für diese paar wenige Sekunden das Paradies gesehen. Für ein paar winzige Sekunden befand ich mich im Himmel. Ich war für ein paar Sekunden einfach nur glücklich. Aber jetzt musste ich weiter. Günther weg von meinem Vater schieben.

Mit meiner Mutter hatte ich auch stets Streit. Mein Gott! Welch ein elendiges Leben!

Die Tage vergingen und die Probleme lösten sich nicht.

Ich hätte mein Leben gerne von Grund auf erneuert.

Ich war es müde, nur zu träumen und zu streiten. Ich veränderte mich, war aggressiver und unruhig geworden. Ich wünschte mir so sehr, vor meinem eigenen Leben fliehen zu können, neu zu beginnen, nur für mich alleine, aber Sophie hielt mich davon ab. Manchmal fühlte ich mich geliebt und manchmal nur benutzt. Ich brauchte Liebe und Zärtlichkeit. Wie sehr wünschte ich mir, einfach nur froh und glücklich zu sein. Ich würde mein Leben dafür geben, wenn es wieder so werden könnte wie früher - bevor ich nach Deutschland gereist bin. Und schon fing ich wieder das Träumen an, denn die Wahrheit war einfach zu schmerzhaft.

Fast alles war verkauft und die Flugkarten gekauft. Meine Kollegen gaben mir Halt. Meine Chefs gaben mir ein tolles Zeugnis und langsam fingen wir an, alles zu packen. Unsere Sachen waren schon per Schiff unterwegs nach Hamburg. Ich machte Günther behutsam klar, dass wir uns scheiden lassen sollten.

Der Abschiedstag kam näher und ich hatte eine furchtbare Angst. Wer weiß, was noch kommen wird? Ich war unendlich traurig geworden. Ich würde meine Kollegen, meine Freunde und meine Arbeit vermissen. Ich würde mein geliebtes Land wieder verlassen, meine Eltern wieder zurücklassen. Ich wollte das alles nicht, aber ich musste. Das war die beste Lösung für alle. Ja, für alle. Nur nicht für mich.

Es gab auf der Arbeit eine Abschiedsfeier. Einige haben mir etwas Geld geschenkt. Es war so schön, dass ich es kaum glauben konnte. Ich war nicht mehr daran gewöhnt, schöne Momente zu erleben. Diese sind sehr rar geworden. Deshalb freute ich mich umso mehr, wenn mir etwas Schönes passiert ist.

Am 13. Dezember 1990 war es dann soweit. Eugênio, meine Eltern und wir machten uns auf zum Flughafen. Dort angekommen, mussten wir noch warten, doch einer plötzlichen Aussage zufolge, sollten wir sofort zum Check-in. Mein Vater war einfach weg und wir hatten keine Zeit mehr. Es war erdrückend, ihn nicht zu finden. Mein Herz schmerzte so sehr, dass ich es kaum beschreiben kann. Er fehlte mir und er würde mir für immer fehlen. Ich habe meinen Vater nie wieder gesehen. Gott! Es tut heute noch so wahnsinnig weh!!!! Und später habe ich erfahren, dass ihm sogar die Luft wegblieb, als er erfahren hat, dass ich schon weg war und er sich nicht hat verabschieden können. Es war ein Bruch wie mit einem Messerstich in unsere Herzen. Und es war nie wieder gut zu machen. Nie wieder. Wir hatten uns verloren. Nie mehr ein Wiedersehen.

Am liebsten würde ich hier aufhören zu schreiben, denn das alles war schon Schmerz genug. Doch immer, wenn man denkt, es geht nicht schlimmer, dann passiert etwas, dass uns eines Besseren belehrt. Also denkt nie, ihr habt etwas überstanden, denn das Leben ist eine stetige Prüfung. Sobald man aus einem Loch herausgekrabbelt ist, fällt man ins nächste Loch hinein. Mein Leben bestand darin, immer und immer wieder neu anzufangen.

Kapitel 3

Zurück nach Deutschland

Es fing schon am Flughafen gut an... Wir sollten um 14 Uhr fliegen, doch es wurde 17 Uhr daraus. Zuerst flogen wir nach São Paulo, wo wir bereits eine halbe Stunde Verspätung zum Weiterflug hatten. In Paraguay sollten wir einen Aufenthalt von einer halben Stunde haben, doch der Zwischenstopp dauerte zweieinhalb Stunden. Sophie schlief fast die ganze Zeit. Das Essen war absolut schrecklich, es gab fast nur Brot mit Käse und weil das Flugzeug so unruhig flog, ging es Günther schlecht. Von Paraguay aus flogen wir dann nach Afrika (Senegal), wo wir wieder eine Stunde Verspätung hatten. Ich konnte kaum schlafen. Nun flogen wir nach Madrid und wurden mit weiterer eineinhalb Stunden Verspätung konfrontiert. Als wir endlich in Frankfurt ankamen, war niemand da. Mein Cousin Carlos war telefonisch nicht zu erreichen und Isabella dachte, dass wir erst im Januar ankommen. Wir haben mit Isabella also vereinbart, dass wir uns am Zugbahnhof von Tübingen treffen. Es fuhren aber keine Züge mehr und wir mussten ein Taxi nehmen, welches uns 400 DM gekostet hat, doch auch dort wartete niemand auf uns. Ich weinte über zwei Stunden lang. Wir wurden von der Bahnhofsmission aufgenommen, wo wir etwas hätten schlafen können. Ich konnte aber nicht. Am Morgen kam Isabella endlich an und wir gingen zu ihr nach Hause. Ich dachte schon, wir wären verloren.

Am nächsten Tag kam Aurora und wir redeten sehr viel miteinander. Ich machte mir sehr große Sorgen um meine Eltern. Ich liebte die beiden so sehr! Und meine Mutter sagte, dass es meinem Vater gar nicht gut ging...

Carlos interessierte sich nicht mehr für uns, was mir sehr weh getan hat. Er zog es vor, sich nur mit seinem Leben zu beschäftigen. Aurora dagegen war sehr liebevoll und hilfsbereit. Sie stellte uns ihren neuen Freund vor, welcher ganz nett war. Sie hat ihn ein paar Monate später geheiratet und einen Sohn bekommen.

Am 17. Dezember 1990 ist Günther nach Nürnberg gefahren. Ich wusste nicht, ob er wiederkommen würde. Aber es war mir recht so. Es musste Ruhe und Ordnung in mein Chaos-Leben einkehren.

Ich ging zum Arbeitsamt und dort versprach man mir, in der folgenden Woche ein paar Arbeitsangebote zu senden. Und plötzlich hatte ich Hoffnung, dass endlich alles klappen würde. Ich rief überall an, aber leider wollte mir niemand einen Job geben. Diesmal würde es nicht so einfach werden, eine Arbeitsstelle zu finden, und das, obwohl ich jetzt schon viel besser Deutsch sprechen konnte.

Vier Tage später versuchte ich, Günther zu erreichen. Bei seiner Schwester war er noch nicht gewesen. Er war mal wieder verschwunden. Nach weiteren zwei Tage rief er kurz an und wollte sich dann nochmals melden, da er sich nach Arbeit umschauen wollte. Nichts. Nach zwei Tagen meldete er sich wieder. Er hatte noch nichts erreichen können. Abwarten. Ich glaubte daran, dass er sich diesmal wirklich bemühen würde. Und ich bemühte mich auch weiterhin.

Silvester verbrachte ich alleine. Ich ging in die Diskothek, tanzte die ganze Nacht alleine und kam um 4 Uhr wieder zu Isabella und meiner Sophie nach Hause.

Aurora, die als Zimmermädchen in einem Hotel in Reutlingen arbeitete, schaffte es, mir dort auch eine Stelle zu besorgen. Schon am 08. Januar 1991 konnte ich anfangen. Die Stimmung war nicht sonderlich gut, weil ein paar Angestellte der Meinung waren, dass wir Ausländerinnen ihnen die Arbeit wegnehmen würden. Einmal habe ich mich sogar eingemischt und gesagt, dass, wenn man zur Schule geht und sich anstrengt, man dann auch eine Arbeit findet. Da kann keiner einem die Arbeit wegnehmen. Und schon gar nicht ein Ausländer. Doch um meckern zu können, muss man sich zuerst einmal im Leben beweisen. Ich hatte Abitur, konnte mehrere Sprachen und war mir für nichts zu schade. Sie putzten die Toiletten, weil sie nicht einmal einen Hauptschulabschluss hatten. Da hilft es nicht viel, Deutscher zu sein.

Nur eine Woche später bemerkte der Chef, dass ich mehr konnte als nur putzen und Betten machen und schon durfte ich in der Rezeption arbeiten. Aber weil ich schon immer sehr ehrlich gewesen bin, erzählte ich meiner Kollegin, dass mein Mann in Nürnberg sei und dort für uns eine Arbeit und eine Wohnung suche. Sie erzählte es prompt dem Chef, der jemanden für längere Zeit suchte und am 20. Januar 1991 musste ich meine Entlassungspapiere entgegen nehmen.

Große Klappe, harte Konsequenzen. Ehrlichkeit war nicht immer angebracht. Ich musste noch viel lernen…

Damals hatte ich Günther gesagt, dass ich nur nach Nürnberg zurückkehren würde, wenn auch er endlich arbeiten würde. Und tatsächlich rief er Ende Januar 1991 an und erzählte, dass er einen Job bei Danone hatte. Ich könnte nun kommen. Wir würden zuerst bei seinen Eltern wohnen können, bis wir eine Wohnung gefunden hatten. Endlich! Geschafft! Endlich wird das Leben ganz normal laufen, so wie meine Familie sich das vorstellt, denn sie waren alle schon immer gegen Scheidung. *„Wenn man heiratet, dann ist es für immer, ganz egal wie der Mann zu einem ist. Ehe ist Ehe. Und sollte man sich scheiden lassen, dann wendet sich die Familie von einem ab.“* Das verunsicherte mich sehr, weil ich meine Familie einerseits nicht verlieren wollte, doch andererseits wollte ich diese Ehe endlich jederzeit beenden können, denn trotz aller guten Vorsätze und Hoffnungen, wusste ich irgendwie, dass es mir nicht gut tat und auch nie gut getan hat oder jemals gut tun würde. Ich traute mich bloß nicht, diese Tatsache zuzugeben. Ich log mich also selbst an und versuchte mein Bestes, damit alles das gewünschte Ende erreichen konnte.

Also packte ich Sophie an der Hand und wir kehrten nach Nürnberg zurück.

In der Zwischenzeit ist auch meine Mutter in Deutschland angekommen und wohnte - Überraschung! - wieder bei Isabella. Diesmal hatte sie den Hund zurückgelassen. Neném war schon zu alt. Es war trotzdem eine schwere Entscheidung.

Mein Vater würde die Wohnung nun kündigen, sich einen Job und eine kleinere Wohnung suchen, weil er nicht nach Deutschland umziehen wollte. Es würde hart werden. Auch für ihn, denn der Weg nach oben ist immer leicht, aber der nach unten ist grundsätzlich sehr schmerzhaft. Er würde wieder Angestellter sein müssen, falls ihm in diesem Alter überhaupt jemand einen Job geben würde!

Und bald hatte er ein kleines Zimmer bei Dolores mieten können. Das war eher eine Abstellkammer, ohne Fenster. Dort passten ein winziger Kleiderschrank und ein Einzelbett hinein. Es war kein Zimmer, es war ein Loch. Und in diesem Loch lebte mein Vater. Ohne uns. Ein schlimmes, trauriges, schmerzhaftes Ende eines so liebevollen Vaters und fleißigen, ehrlichen und intelligenten Mannes. Es brach mir wieder das Herz.

Ich verstehe immer noch nicht, warum meine Mutter nicht bei ihm geblieben ist. Warum sie mich immer verfolgen musste… War sie ohne mich lebensunfähig? Warum immer wieder zu Isabella? War sie so sehr von dieser Frau abhängig? Sah sie nicht, dass schon zu viel passiert war? War sie so unselbstständig? Immer schön hinter mir und Isabella her. Das tut sie heute noch und ich werde bestimmt vorher sterben, bevor ich es verstehen kann.

April bis Dezember 1991 - Das Jahr des Grauens

Zuerst sind wir bei Günthers Eltern untergekommen, weil Günther zwar Arbeit hatte, aber noch keine Wohnung. Ich wusste zwar noch nichts davon, aber ich hatte wieder mal eine falsche Entscheidung getroffen.

Seine Mutter hasste mich. Das war nicht zu übersehen. Sein Stiefvater hatte nichts zu sagen. Es war Winter. Kalt. Wir mussten im Keller schlafen. Auf Fliesen. Günther, Sophie und ich. Wir hatten nur ein paar Decken zur Verfügung.

Kochen durfte ich auch nicht oft, weil sie nicht wollte, dass ich ihren Ofen oder Herd dreckig machte.

Ich fühlte mich wie ein Straßenhund - geduldet und doch immer wieder weggekickt.

Und dass meine Tochter auf Fliesen schlafen musste, brach mir gewaltig das Herz. Diese Frau hatte kein Herz, keine Erziehung, keine Seele. Ich kannte solche Unmenschen vorher nicht.

Über einen Monat haben wir dieser Situation aushalten müssen, ehe wir eine Wohnung gefunden haben. Es kam mir vor wie fünf Jahre. Ich tat alles, um die Situation nicht noch schlimmer zu machen. Ich wollte keine Streitereien mehr. Ich wollte endlich Frieden.

Ein uraltes Haus in Höfen. Dunkel. Dort war alles sehr dunkel. Keine Heizung, kein warmes Wasser, aber billig. Möbel waren schon drin. Uralte Möbel. Kochen auf dem Holzofen, Badewasser mit Holz warm machen. Das war eine ganz neue Erfahrung für mich.

Den Dachboden hat Günther sofort ausgeplündert. Er war ein Meister darin, fremdes Eigentum in Geld für sich selbst zu verwandeln.

Im Hinterhof war der Schlachter. Jeden Tag hörten wir die armen Schweine schreien. Dann Stille. Es war so furchtbar! Alles war absolut furchtbar!

Mein Leben fühlte sich wie dieses Haus an: Dunkel, alt, ohne Lebensfreude, geschlachtet.

Sophie war verhaltensgestört. Stets musste ich sie festhalten, damit sie aufhörte, ihren Kopf gegen die Wand zu schlagen. Immer wieder musste ich Günther davon abhalten, sie zu schlagen. Ich war ununterbrochen in der Defensive. Er war extrem aggressiv und Ich-bezogen. Ab und zu kam er mit einem

Freund namens Björn nach Hause. Björn war sehr nett und wir fingen an, oft miteinander zu telefonieren. Ich hatte das Bedürfnis, mich mit jemandem unterhalten zu müssen, der ein paar Gehirnzellen mehr besaß als Günther.

Günther war nicht nur grausam. Er gab uns auch keinen Pfennig Geld. Wir hatten absolut nichts. Ich fand keine Arbeit und was er mit seinem Geld machte, konnte ich nur ahnen.

Im Rathaus habe ich erfahren, dass eine Caritas-Station Essenspakete für Arme bereitstellte. Es war so verdammt demütigend! Aber ich musste dort hin, denn sonst würden wir verhungern.

Günther holte sich alles aus diesen Paketen, was ihm schmeckte. Er aß auch so viel es ging, ohne Rücksicht auf mich oder auf Sophie zu nehmen. Als ich ihm sagte, dass er zumindest die Milch für seine Tochter lassen sollte, antwortete er:

„Sie soll Kaffee trinken, wie jeder andere auch!"

Ich hielt es nicht mehr aus und sagte, dass ich ihn verlassen würde.

Ab diesem Zeitpunkt war ich nur noch gefangen. Er schloss immer die Tür ab, wenn er ging. Auch das Telefon nahm er immer mit sich mit. Ich war alleine mit Sophie und hörte die Schweine schreien. Das klingt fatalistisch, aber ich habe es mir nicht ausgedacht. Aus dem Küchenfenster konnte ich sehen, wie die Schweine geliefert und in einer Reihe in den Schlachthof geführt wurden. Einmal habe ich kurz hinschauen können. Es brach mir so das Herz, dass ich es nie wieder tat. Aber hören konnte ich sie. Da gab es kein Entkommen.

Ich durfte nur noch kurz alleine raus, um zum Arzt zu gehen oder Essenspakete zu holen. Diese Gelegenheit nutzte ich, um im Rathaus anzurufen. Ich wollte wissen, wie ich dieser Situation entkommen könnte. Es musste doch jemanden geben, der mir helfen konnte!

Es gab dort eine Frauenbeauftragte. Man erzählte mir von einem Frauenhaus. Das klang sehr gut. Ich würde dort mit meiner Tochter unterkommen, bis ich eine eigene Wohnung und eine Stelle finden kann. Männer hätten dort keinen Zutritt. Wir wären also sicher. Aber wie sollte ich mit Sophie weg? Ich durfte sie nirgends mit hinnehmen!

Daraufhin sagte man mir ganz klar, dass es kein Problem sei. Ich sollte schauen, dass ich wegkomme. Das Kind würden wir dann gemeinsam abholen kommen. Ich vertraute den deutschen Behörden voll und ganz.

Im April 1991 schaffte ich es, ihn davon zu überzeugen, dass ich nur ein paar Tage zu meiner Cousine fahren möchte. Es gab noch viele andere Versuche, das Haus zu verlassen. Aber diesmal hatte es geklappt und ich durfte gehen. Und kam auch nicht mehr zurück. Nun war ich auf der Flucht. Ohne meine Tochter, aber froh zu wissen, dass ich sie gleich würde abholen können.

Ich musste tatsächlich ein paar Tage dorthin, da es doch nicht so einfach war, ins Frauenhaus zu kommen. Es gab noch keinen Platz, erklärte man mir. Heute weiß ich, dass es nicht der Wahrheit entsprach. Als Ausländerin muss man aber offensichtlich Geduld haben, denn die deutschen Frauen werden ganz klar bevorzugt. Da ich es damals aber nicht gewusst habe, hat es mich auch nicht weiter gestört. Ich habe mich auf die Behörden verlassen und dachte, dass ich in Tübingen genauso sicher war - solange er nicht wusste, dass ich nicht zurückkehren würde.

Günther wollte sicher gehen, dass ich in Tübingen bin und kam am Abend dort vorbei. Er wollte, dass ich gleich mit zurückfahre. Ich wollte es aber nicht.

Sophie war im Auto dabei und ich wollte sie in den Arm nehmen. Doch das hat er nicht mehr zugelassen. Es war ein Alptraum für mich. Ich sah meine weinende Tochter im Auto und konnte nicht zu ihr. Wir haben uns gestritten, angeschrien, geschubst. Er warf mich um, nutzte die Gelegenheit aus, um ins Auto einzusteigen und schloss sich ein. Ich trat gegen die Tür, gegen das Fenster, überall hin. Ich war völlig verzweifelt und außer mir. Außer meinem Herzen tat mir nichts weh. Es war mein Kind! Und ich wollte zu ihr!

Nachbarn haben die Polizei alarmiert und schon standen die Beamten da. „Ein Glück!", dachte ich. Aber der Freund und Helfer ist doch nicht das, was man erwartet. Ich erklärte die Situation und sie ließen mich im Stich. Das Kind wäre beim Vater und so sollte es bleiben. Ich hätte mich zu beruhigen.

An Beruhigung war gar nicht zu denken! Mir liefen die Tränen. Ich zitterte. Er fuhr einfach mit meiner Tochter weg und ich blieb mitten in der Nacht alleine und weinend auf der Straße zurück. Ich war hilflos, geschockt und vollkommen verzweifelt. Die Polizei fuhr auch einfach weg.

Zu dieser Zeit war mir immer noch nicht wirklich bewusst, was es heißt, in Deutschland als Ausländer zu leben. Und man wirft den Brasilianern immer wieder Rassismus vor…

Von wegen Paragraph 1 des Grundgesetzes: „*Alle* Menschen sind *vor dem Gesetz gleich*."

Es fehlt: „Vorausgesetzt sie sind deutsche Staatsbürger".

Sie hätten uns beide mitnehmen und das Jugendamt einschalten können. Sie hätten meine Aussage überprüfen müssen, das Kind beruhigen sollen. Aber ich war es nicht wert gewesen. Sie haben sich nicht einmal um meinen gesundheitlichen oder seelischen Zustand gekümmert.

An dieser Stelle herzlichen Dank an die Polizeibeamten, die sich in dieser Nacht um die vom Lärm belästigten Nachbarn gekümmert haben und mein Kind in der Hand eines Verbrechers und Drogensüchtigen seinem Schicksaal überlassen haben. Gute Arbeit.

Meine Danksagung ist hier bitte ironisch zu verstehen.

Und ja. Ich bin wütend. Damals war ich nur verzweifelt, doch heute bin ich wütend. Es würde sich so viel Elend auf dieser Welt vermeiden lassen, wenn die Menschen die Wahrheit suchen würden, wenn mehr Respekt und Fürsorge herrschen würde, anstatt Vorurteile, verlogener Egoismus und Patriotismus!

Jeden Sonntag sehe ich eine Menge Menschen, die in die Kirche rennen und sich Christen nennen. Viele von diesen Menschen sagen offen und ehrlich in schwierigen Situationen: „Es ist nicht mein Problem".

Was ist, wenn man in eine Notsituation gerät? Möchte man keine Hilfe? Auch als Deutsche im Ausland? Oder - wie ich erstaunlicherweise schon mal gehört habe - ist man dann selbst schuld?

Ich blieb machtlos und verlassen zurück. Es hat niemanden interessiert, wie ich mich fühlte. Niemand hat jemals gefragt, wie meine Tochter sich gefühlt hat.

Man stieg einfach ins Auto und fuhr fort. Aus den Augen, aus dem Sinn. So einfach kann man es sich machen.

Heute hätte ich meinen deutschen Personalausweis herausgeholt und man hätte mir zumindest eine psychologische Betreuung angeboten. Wahrscheinlich hätte man sogar einen Krankenwagen gerufen, da ich mich im Schockzustand befand. Dafür lege ich meine Hände ins Feuer.

Am 05. April 1991 kam ich endlich ins Frauenhaus. Um mein Kind abzuholen, musste jedoch ein Gericht eingeschaltet werden. Ein Termin wurde für den 16. April 1991 vereinbart und ich hing an diesem Tag wie an einem Strohhalm, um wieder atmen zu können. Mein Vertrauen war immer noch unangetastet.

Leider konnte man nicht feststellen, wo sich meine Tochter befand. Bei Günther war sie nicht und er weigerte sich, Auskunft zu geben. Meine Verzweiflung kehrte zurück.

Am 29. April rief Günther mich an. Unsere Sachen seien aus Brasilien angekommen. Alles täte ihm so leid. Ich könnte mit ihm nach Hamburg fahren, unsere Sachen abholen und danach würde er mich zu Sophie bringen.

Natürlich nahm ich das Angebot sofort an!

Er holte mich ab, wir fuhren nach Hamburg und dann nach Höfen. Kaum waren wir im Haus, schloss er schon die Tür ab. Wir waren allein. Es war Nacht. Er holte die

Kisten hinein und machte den Holzofen an. Dann fing er an, meine Kleidungsstücke aus einer der Kisten zu holen und Stück für Stück in den Ofen zu werfen. Er sagte zu mir: „Siehst du, wie es brennt?" Ich war sprachlos. „So sollst auch du brennen". Wie versteinert saß ich da. Unfähig mich zu bewegen oder ein Wort dazu zu sagen. Ich denke, man nennt das Angststarre.

Als nächstes warf er mich aufs Bett. Ich schrie um Hilfe, so laut ich nur konnte. Damals habe ich bemerkt, wie verzerrt eine panische Stimme klingen kann. Es kam mir fast so vor, als wäre es nicht ich selbst, die schrie. Es klang hoch, fast erstickt, ohne Luft.

Er drückte mir ein Kissen auf den Mund, holte Hasch aus der Hosentasche und wollte, dass ich es schlucke. Ich weigerte mich. Plötzlich stand er auf, ging aus dem Zimmer. Ich saß zitternd da, immer noch in Panik. Als er zurück kam, drückte er mir ein Messer in die Hand. Er umfasste dieses Messer mit meiner Hand und drückte gegen seinen Hals. Dabei sagte er: „Du wirst mich jetzt umbringen und dann wirst du als Mörderin im Gefängnis verrotten."

Mit all meiner Kraft drückte ich dagegen. Ich weiß heute noch nicht, wie es mir gelungen ist, ihm das Messer aus der Hand zu schlagen. Es flog gegen das Fenster und wieder schrie ich so laut ich konnte um Hilfe. Höfen schien wie ausgestorben. Niemand hat mich gehört. Stundenlang. Niemand.

Er packte meinen Kopf mit beiden Händen und schlug ihn kräftig gegen die Wand. Ich verlor das Bewusstsein.

Ich weiß nicht, was in dieser Zeit passiert ist. Ich lag immer noch im Bett, als ich wieder zu mir kam. Und zitterte. Ich wäre beinahe vor Angst gestorben, als meine Augen aufgingen. Ich weinte und bat ihn, mich ins Frauenhaus zu fahren. Ich sagte, dass ich nur meine Sachen holen wolle, um wieder zu ihm zurück zu ziehen. In diesem Moment hätte ich ihm alles versprochen, wirklich alles! Nur um dort wieder weg zu kommen. Erstaunlicherweise hat er mir geglaubt. Wir stiegen ins Auto ein und er fuhr nach Nürnberg. Während der Fahrt fing er plötzlich an, wahnsinnig schnell zu fahren. Ich geriet wieder in Panik. Er sagte: „Jetzt werde ich uns beide umbringen!". Mir lief es eiskalt den Rücken hinunter. Ich sprach ununterbrochen, versprach ihm das Blaue vom Himmel, sagte, dass ich ihn lieben würde. Ich redete so lange auf ihn ein, bis er wieder normal fuhr.

Vor dem Frauenhaus ließ er mich heraus. Er wollte schnell Zigaretten kaufen und gleich wieder kommen.

Ich hatte so wahnsinnig viel Angst! Ich fühlte mich bedroht und hatte nur noch Sterbensangst. Also rief ich

Björn an. Er merkte, dass es mir gar nicht gut ging und sagte, ich soll ein Taxi nehmen und sofort zu ihm fahren.

Ich fühlte mich nirgends sicher und schon gar nicht im Frauenhaus. Mir war klar, wozu er fähig war. Ich musste also irgendwohin, wo er mich nicht würde finden können.

Dort angekommen, habe ich ihm zitternd und in Tränen alles erzählt. Er war sehr verständnisvoll und beruhigte mich etwas. Zumindest wusste Günther nicht, wo ich war, dachte ich. Und irgendwann bin ich eingeschlafen.

Als am Morgen die Post an der Tür klingelte, versteckte ich mich zitternd unter dem Bett. Die Reaktion war zwar komisch, kam aber spontan. Die Angst war wieder da.

Björn hat sich ein paar Tage um mich gekümmert. Ich war psychisch völlig am Ende und in ernsthaftem Schockzustand. Als es mir etwas besser ging, schickte er mich zur Polizei, damit ich eine Anzeige machen konnte. Danach wollte ich zurück ins Frauenhaus.

Kaum war ich im Frauenhaus angekommen, wollte man mich „sofort" sprechen. Alle waren sehr verärgert, weil ich mich nicht gemeldet hatte. Also erzählte ich alles nochmals, weinte, zitterte, durchlebte alles wieder. Es war grauenvoll.

Das Gesicht dieser Frau mit ihren kalten Augen werde ich nie vergessen. Sie schaute mich regungslos an und sagte seelenruhig, dass sie mir kein einziges Wort glauben würde. Erstens hätte ich mich melden müssen und zweitens ist mein Mann jeden Tag dort gewesen, weil er sich so sehr Sorgen um mich gemacht hat.

Mit offenem Mund schaute ich sie ungläubig an. „Sorgen?" „Melden?" Mir liefen wieder die Tränen und sie sagte nur: „Sie haben vierundzwanzig Stunden Zeit, dieses Haus zu verlassen."

Sie ging hinaus und ich stand wieder da. Alleine, verlassen, freifallend. Ich spürte keinen Boden mehr unter meinen Füßen, keinen Herzschlag in meiner Brust, nichts. Als hätte jemand nur die Haut zurückgelassen und den Rest irgendwohin mitgenommen. Meine Haut lief ins Zimmer und packte.

Objektiv betrachtet: Hier wurde mir klar, dass die Deutschen unter einem Meldewahn leiden. Das gilt auch für An- und Abmeldungen. Alles muss überall gemeldet werden: Unfälle, Störungen, Umbauten, Urlaub, Umzug, Straßensperre, Verlorenes, Krankheiten, Abwesenheiten, laute Nachbarn, Geruchsbelästigungen (auch wenn nur jemand nebenan grillt!), ja sogar Müll muss gemeldet werden! Man muss sich stets an- und abmelden - überall. Wenn man Ausländer ist, bei der Agentur für Arbeit, bei der Ausländerbehörde, beim Konsulat. Wenn man arbeitet, bei dem Vorgesetzten, bei der Verwaltung, bei den Kollegen, bei der Krankenkasse. Wenn man arbeitslos ist, bei der Agentur für Arbeit, beim Sozialamt, bei Arbeitsvermittlungsstellen usw. Wenn man Ex-Gefangener ist, bei der Polizei, bei Psychologen und Sozialarbeitern. Irgendwie muss immer jemand über irgendwas informiert werden.

Abgesehen davon, dass ich nicht in der Lage war, klar zu denken, war ich frei und schuldete niemandem Rechenschaft. Dachte ich zumindest. Doch so war es hier in Deutschland nicht. Google hatte wohl Deutschland als Vorbild gehabt... Alles über jeden zu wissen, das ist Zwang.

Heute kann ich verstehen, warum diese Frau in ihrem Urteil so eingeschränkt war. Für sie gab es nur das, was sie für selbstverständlich hielt. Sie kannte es nicht anders und war auch nicht in der Lage zu verstehen, dass andere Menschen sich anders verhalten, ohne dass eine böse Absicht dahinter stecken muss. Inzwischen habe ich diesen Wahn so gut verinnerlicht, dass ich während eines Gesprächs mit meinem Mann immer wieder das Bedürfnis verspüre, mich abzumelden, wenn ich den Raum plötzlich verlassen muss: „Ich gehe nur mal kurz aufs Klo." Das ist echt krank...

Wieder rief ich Björn an. Er sagte, dass ich ein paar Tage bei ihm bleiben könnte, aber nicht länger. Ich sollte mir schnellstens eine Wohnung und eine Stelle suchen.

Es lief also alles wieder aus den Rudern. Die Anzeige gegen Günther ist wegen Mangel an Beweisen eingestellt worden. Es gab schließlich keine Zeugen und ich war nicht verletzt. Zumindest nicht körperlich verletzt. Das hat er sehr geschickt gemacht.

Eine Wohnung bekommt man nur, wenn man eine Stelle hat, und um eine Stelle zu bekommen, braucht man eine Wohnung. So einfach war das alles nicht. Wer diese Regelung erfunden hat, muss ein wahres Genie in Existenzvernichtung gewesen sein.

Ich suchte wie eine Verrückte, aber niemand wollte mich anstellen oder mir eine Wohnung vermieten.

Für ein paar Tage konnte ich bei meinem Cousin Carlos unterkommen. Da er aber in einer Sozialwohnung wohnte, durfte ich nicht lange bleiben. Wieder Deutschland und seine Verbote. Es ist nicht gestattet,

Untermieter in einer Sozialwohnung zu haben. Ob man auch Untermieter ist, wenn man nicht zahlt?

Ich hatte aber keinen Platz mehr, wo ich hingehen konnte. Ich besaß nur die Klamotten, die ich mit mir trug, einen Pass, eine befristete Aufenthaltserlaubnis und eine befristete Arbeitserlaubnis. Als Carlos mich auf die Straße setzte, rief ich Björn verzweifelt an. Ich bat ihn, mich aufzunehmen. Als er nein sagte, bot ich ihm an, ihn solang mit meiner Arbeit in seinem Haushalt zu bezahlen. Er wollte darüber nachdenken, aber Zeit hatte ich nicht mehr. Ich fuhr hin, bettelte und willigte ein, alles für ihn zu machen. Ich wurde also seine Haushälterin, seine Putzfrau und seine Dienerin. Es war erniedrigend, aber mein ganzes Leben war nur noch ein riesiger Haufen Elend. An die Demütigungen konnte ich mich nicht gewöhnen. Und so litt ich jedes Mal aufs Neue darunter.

Ab und zu rief Günther bei ihm an. Einmal wollte ich sofort die Polizei anrufen. Es war Nacht. Er sagte Björn, dass er gerade im Bett neben seiner Tochter lag, die einmal bei ihm zu Besuch war und einen Joint rauchte. Mein Kind atmete gerade Drogen ein!!!! Wie kann man so unverantwortlich sein? Mir waren aber die Hände gebunden. Er hätte sofort gewusst, wo ich war und alles würde wieder von vorne anfangen.

Ich war nur noch gefesselt. Bei meinen Entscheidungen, Handlungen, Gefühlen. Keine Einflüsse mehr meinerseits auf das Leben, sondern nur noch Sklave sein, dienen, mit sich geschehen lassen. Unwürdig. Erniedrigend.

Verzweifelt suchte ich weiter nach einem Job und nach einer Wohnung. Im neuen Industriegebiet entdeckte ich ein Juweliergeschäft, das neu aufmachen würde, und bewarb mich. Nach einem Vorstellungsgespräch bekam ich ab dem 01. Juni 1991 einen Vertrag. Es war wie ein Sechser im Lotto. Überglücklich überbrachte ich Björn die gute Nachricht, aber er wollte nur, dass ich endlich ausziehe.

Zu dieser Zeit kam ich aus den Demütigungen nicht mehr heraus. Ich ging zu einer Immobilienmaklerin wegen einer 1-Zimmer-Wohnung in Gostenhof. Als mir wieder eine Absage drohte, warf ich mich vor lauter Verzweiflung vor die Angestellte auf die Knie und bat sie weinend, mir eine Wohnung zu vermitteln. Zumindest hatte diese Frau Mitleid mit mir. Wahrscheinlich habe ich sie fürs Leben schockiert… So etwas hat sie ganz sicher noch nie erlebt. Ich hoffe, es bleibt auch eine einmalige Sache.

Ab September würde ich eine Wohnung haben. Bis dahin musste ich mich weiter versklaven und immer wieder betteln, nicht auf die Straße geworfen zu werden. Das war so erniedrigend! Das kann man sich kaum vorstellen. Ich schämte mich Tag für Tag. Aber ich war so weit unten angekommen, dass ich keine andere Wahl hatte. Ich war einfach bereit, alles über mich ergehen zu lassen, nur um irgendwann wieder auf eigenen Beinen stehen zu können.

Günther hat sich nicht mehr blicken lassen und von Sophie fehlte auch jede Spur. Bis zum 11. Juni 1991...

An diesem Tag rief Günther beim Juwelier an und wollte mich sprechen. Wie hat er das herausgefunden? Ich ging ans Telefon und er sagte, dass er gleich mit Sophie vorbei kommen würde, falls ich sie sehen möchte. Sofort bat ich meinen Chef, mich Mittagspause machen zu lassen und ging hoffnungsvoll nach unten. Er kam mit einem Mercedes. Hinten saßen seine Schwester Paula und Sophie. Ich freute mich so sehr!

Sophie war wohl seit dem 14. April 1991 bei Paula gewesen. Sie hatte sich als Pflegemutter beim Jugendamt angemeldet und kümmerte sich um Sophie.

Sofort fing Günther eine Diskussion an und als er mich Hure genannt hat, weil ich bei Björn wohnte, gab ich ihm reflexartig eine Ohrfeige. Er reagierte mit einem Faustschlag in mein Gesicht. Meine Brille zerbrach. Das Glas bohrte sich in meine Augenbrauen und das Blut lief mir das Gesicht herunter. Sophie fing an zu weinen. Paula bat Günther in die Stadt zu fahren, weil sie telefonieren musste. Da habe ich gedacht, dass sie einen Krankenwagen rufen würde, doch weit gefehlt. Sie kam zurück, packte Sophie und ging weg. Sophie weinte immer noch. Ein paar Minuten später kam seine Mutter und befahl mir knapp, mich auf den Rücksitz zu setzen. Sie stieg vorne ein, schaute mich an und sagte: „Wo ist mein Geld?". Wieder war ich sprachlos. Inzwischen war mein Unterarm voller Blut und mir wurde langsam schwindelig. Ich bat Günther, mich ins Krankenhaus zu fahren, drohte mit einer Anzeige wegen Körperverletzung, doch sie schrie mich immer noch an. Ich antwortete wütend: „Frag mal deinen Sohn. Ich habe damit nichts zu tun! Ich muss ins Krankenhaus und wenn du mir nicht hilfst, dann zeige ich dich auch wegen unterlassener Hilfeleistung an!". Sie machte die Tür auf und sagte beim Aussteigen zu Günther: „Fahr los und lass sie irgendwo einfach raus!". Wie ein Stück Abfall sollte er mich irgendwo entsorgen. Weg war sie und Günther fuhr einfach durch die Stadt. Verzweifelt sagte ich: „Fahr mich zumindest zurück zur Arbeit, sonst verliere ich noch meine Stelle!". Gott sei Dank tat er das. Ich rannte hoch, ging auf die Toilette und versuchte, das Blut zu stoppen. Meine Kollegen sahen das Elend und riefen den Chef. Er setzte mich sofort in sein Auto und fuhr mich ins Krankenhaus. Dort wurde ich an den Augenbrauen genäht. Danach gingen wir zur Polizei. Ich erstattete Anzeige wegen Körperverletzung und unterlassener Hilfeleistung. Als Zeugin nannte ich Paula. Sophie war noch zu klein, um eine Aussage zu machen.

Es dauerte nicht lange, bis ich erfuhr, dass die Anzeige eingestellt wurde. Paula verweigerte die Aussage und seine Mutter gab an, nie im Auto gewesen zu sein. Günther hat behauptet, ich hätte mich selbst geschlagen. Die Begründung für die Einstellung der Anzeige lautete: Familienangelegenheit. Aussage gegen Aussage.

So viel zum Thema Gerechtigkeit, ausgezeichnete Polizeiarbeit, kein Rassismus. Das Niveau meiner deutschen Ausdrucksweise war noch nicht hoch genug, als dass ich mich hätte besser ausdrücken können. Ich kannte meine Rechte und die deutschen Regeln nicht ausreichend. Niemand half mir und ich war nicht in der Lage, mir selbst zu helfen. Ich war wieder völlig alleine auf mich gestellt.

Dass Sophie mit ca. zweieinhalb Jahren anfing, nur noch Rot zu malen, wunderte mich nicht. Es muss ein Trauma für sie gewesen sein, dass ich so sehr geblutet habe. Aber bis auf Günther, seine Mutter und seine Schwester wusste niemand, dass ich nicht daran schuld war. Jeder ging davon aus, dass ich mich selbst geschlagen habe. Somit war ich für das Trauma meiner Tochter auch noch verantwortlich.

Wahrscheinlich hielt man mich für eine äußerst talentierte Schauspielerin. Dass es niemanden dämmerte, dass ich mir so viele Geschichten nicht einfach einfallen lassen konnte… Wussten die nicht, dass Menschen sich nicht einfach so selbst verletzen und schon ganz und gar nicht in Anwesenheit der eigenen Kinder? Für was hielten mich die Deutschen? Oder was waren die Deutschen für grausame Menschen?

Selbstverständlich habe ich meinen Job verloren! Ich war nicht einmal sauer auf meinen Chef. Ein Juweliergeschäft kann logischerweise keine Angestellte halten, die einen Randalierer in der Familie hat. Und der Chef hatte vollkommen Recht. Ich hätte es genau so gesehen. So schwer es mir gefallen ist, verstand ich seine Entscheidung.

Wieder hat Günther es geschafft, mein Leben zu zerstören. Und wieder war ich arbeitslos. Doch diesmal hatte ich mehr Glück und fand sofort wieder einen Job.

Ich fing an, als Sekretärin in einem Architekturbüro in Sandberg zu arbeiten. Zwar war die Fahrt hin und zurück sehr lang, aber endlich würde ich Geld verdienen. Alles andere war mir egal. Und bald würde ich auch eine Wohnung haben. Die Aussichten für die Zukunft waren gar nicht so schlecht.

Die Arbeit machte Spaß, ich lernte nette Leute kennen und fing an, mich wieder gut zu fühlen. Ich hatte wieder Mut und war entschlossen, mein Leben zu ändern.

Ich nahm Kontakt mit Paula auf und fing an, Sophie so oft zu besuchen, wie es ging. Ich rief sie auch oft an. Es kam aber leider immer wieder vor, dass ich sie nicht sprechen oder besuchen durfte. Mal war sie krank, mal nicht da. Die üblichen Ausreden.

Am 23. August 1991 erlitt ich den nächsten heftigen persönlichen Schlag. Es war spät und das Telefon klingelte. Ein Anruf aus Brasilien. Mein Vater wurde im

Wohnzimmer auf dem Boden gefunden. Er blutete aus allen Körperöffnungen und lag im Koma. Man hat ihn ins Krankenhaus gebracht.

Ich spürte eine sofortige Leere in meinem Körper und meiner Seele. Es gab keinen Boden, keine Decke, keine Wände. Ich befand mich mitten im Nichts, in Leere schwebend. Mein Herz wollte aus mir heraus, meine Stimme versagte. Ich sah mich als kleines Mädchen auf seinem Schoß, sah die Begeisterung, die Freude und den Stolz in seinen Augen, immer wenn er mich ansah oder über mich sprach, sah ihn mit Sophie Treppen hinauf- und hinunterlaufen. Ich sah mich im Flughafen weggehen, ohne mich von ihm verabschiedet zu haben, sein dunkles kleines Zimmer, seinen Schmerz, als Günther ihn mit einem Messer bedrohte und er mich danach umarmte und sagte: „Ich liebe dich, meine Tochter!". Ich sah seinen gestreiften Pyjama, ich hörte seine Witze, sein Lachen, sah, wie er auf der Couch lag und mit meiner Mutter fernsah und dann sah ich, wie wir glücklich sonntags beim Essen im Restaurant saßen. Es kamen mir immer mehr Erinnerungen wie ein Film im Kopf. Ich konnte mich nicht bewegen. Mir war kalt. Ich war in Deutschland. Er war in Brasilien. Ich konnte nicht hin, nicht anrufen, nicht reden, nicht helfen. Ich war wieder machtlos, hilflos und alleine.

Um 4:00 Uhr kam noch ein Anruf. Mein Vater war tot. Der wichtigste Mensch in meinem Leben war tot. Kein Abschied. Keine Worte. Nichts.

Ich weine heute noch, wenn ich daran denke und das sind mit Abstand die schwersten Zeilen dieses Buches. Das tut in der Seele so arg weh, dass ich es gar nicht in Worte fassen kann, was ich wirklich damals empfunden habe und auch heute empfinde, wenn ich daran denke.

Jeder Tag könnte dein letzter sein. Man hält das für einen schönen Satz ohne große Bedeutung, aber so ist es nicht. Hätte ich mehr mit ihm geredet, hätte ich ihm öfters gesagt, wie sehr ich ihn liebe, hätte ich mich verabschiedet… Das wäre zumindest etwas gewesen.

Heute verlasse ich niemals das Haus, ohne mich ordentlich zu verabschieden. Jeden Tag sage ich meinem Mann und meinen Kindern, dass ich sie liebe. Ich küsse und umarme alle, bevor ich gehe. Ich stelle stets Fragen und will alles wissen. Ich will mir nie wieder vorwerfen müssen, nicht genug getan zu haben. Mir ist bewusst, dass meine Familie das nicht zu schätzen weiß und dass dieses Verhalten ab und zu sogar als lästig empfunden wird. Aber das ist mir egal. Ich weiß, dass man bestimmte Dinge nur zu schätzen weiß, wenn man diese nicht mehr hat. Manche wissen das, ignorieren es aber. Ich weiß es und lebe das so. Jedes Mal, dass wenn ich es so eilig habe, dass ich mich nicht verabschieden kann, muss ich während der Fahrt beten, dass ich wiederkommen und alle wohlauf vorfinden darf. Ich habe wahnsinnige Angst davor, dass es das letzte Mal gewesen sein könnte, dass ich meine Lieben sehe.

Nun hatte ich endlich meine eigene Wohnung in Gostenhof. Mit meinem ersten Gehalt habe ich die Kaution und die Miete bezahlt. Dann bin ich in die Stadt gefahren, um mir das Nötigste zu kaufen, denn ich hatte rein gar nichts. Ein Topf, eine Pfanne, zwei Teller, zwei Messer, zwei Gabel, zwei Löffel, zwei Gläser, ein Kochlöffel, ein Wecker, zwei Handtücher. Im Katalog habe ich eine Schlafcouch auf Raten bestellt. Die billigste überhaupt.

Zuerst schlief ich auf dem Boden. Björn hat mir dann eine Matratze und eine Decke organisiert, sowie einen kleinen Couchtisch.

Nach und nach kaufte ich alles auf Raten. Immer so günstig wie möglich, doch viel brauchte ich nicht. Ich war mit sehr wenig zufrieden.

Mitte September wollte ich Sophie abholen, doch Günther war da. Er nahm sie zu sich und war verschwunden. Er versuchte immer noch, mich zu verletzen. Paula machte mir die Tür nicht mehr auf und ging auch nicht mehr ans Telefon. Ich hatte Angst, meine Sophie wieder zu verlieren und wandte mich ans Jugendamt. Sie haben also entschieden, dass ich sie jeden zweiten Sonntag besuchen und mit ihr eine Stunde am Spielplatz verbringen dürfe. Es war immer sehr schwer, mich von ihr wieder zu trennen. Sie fragte immer wieder, warum sie nicht mit mir gehen darf und ich hatte keine Antwort. Das Jugendamt wollte es so und ich wollte keinen Ärger. Es tat unendlich weh, doch ich war an Schmerzen gewöhnt.

Bald fing ich an, sie über das Wochenende zu mir zu nehmen. Immer wieder weinte sie, weil sie nicht wieder zurück gehen wollte. Es war eine schlimme Zeit und ich weinte auch viel - meistens nachdem sie gegangen war, denn ich musste vor ihr stark sein.

Niemand durfte wissen, dass Sophie am Wochenende bei mir war, weil Paula beim Jugendamt angegeben hat, eine Vollzeitpflege zu haben, um mehr Geld zu bekommen. Ihr Geld und ihre Lügen waren mir egal. Ich wollte Zeit mit meiner Tochter verbringen und sie am liebsten gleich bei mir behalten, aber Frau Brauner vom Jugendamt sagte, ich könne kein Kind in einer 1-Zimmer-Wohnung haben. Ein Kind braucht ein eigenes Zimmer.

So ist es nun mal in Deutschland. Meine Eltern haben es nicht gewusst, da ich erst mit vierzehn zum ersten Mal im Leben ein eigenes Zimmer bekommen habe. Das hat meine Erziehung und mein Leben nicht beeinflusst und schon gar nicht geschadet…

Ich musste irgendwie mehr arbeiten und mehr sparen, um mir eine größere Wohnung leisten zu können. Deshalb habe ich mich immer mehr angestrengt, stets besser und schneller zu werden. Am Jahresende wurde bei mir eine Arthrose an der rechten Hand diagnostiziert. Ich arbeitete trotzdem weiter und betete, wieder gesund zu werden, denn die Angst war sehr groß, wieder meinen Job zu verlieren.

Günthers Freunde fingen an, mich in Gostenhof zu besuchen. Ich ahnte damals nicht, was sie tatsächlich von mir wollten. Erst später erfuhr ich, dass diese dachten, ich wäre leicht zu haben.

Günther kam auch ab und zu mit seinem Mercedes vorbei und ließ mir irgendwann das Auto auch da, weil er in U-Haft musste. Er ist wohl bei irgendwas erwischt worden.

Hier fragt man sich, warum ich zugelassen habe, dass er mich besuchen kommt… Tja, damals habe ich ernsthaft an das Gute im Menschen geglaubt. Ich war trotz allem immer noch davon überzeugt, dass Menschen sich ändern können und grundsätzlich etwas Gutes in sich tragen, das irgendwann zum Vorschein kommt. Es war vielleicht total albern, aber es hat mich am Leben gehalten. Ich schäme mich nicht dafür. Ich tat nur das, was mein Glaube mich gelehrt hat. Ich war und bin ein guter Mensch, auch wenn ich heute etwas härter und nüchterner bin.

Meine Sprachkenntnisse wurden immer besser und langsam war ich in der Lage, vieles zu verstehen, obwohl mir die Kultur immer noch etwas fremd war. Ich hatte meinen Glauben und meine Hoffnungen.

Im November stand Günther vor Gericht und ich ging hin, um zu erfahren aus welchem Grund er dieses Mal in Schwierigkeiten steckte. Ich war geschockt. Bei dieser Verhandlung habe ich endlich erfahren, wen ich geheiratet hatte. Bis dahin dachte ich, dass er „nur" unverantwortlich, kindisch und drogenabhängig wäre. Ab diesem Zeitpunkt wurde mir einiges klar. Seine Vorstrafen wurden vorgelesen: Diebstahl, schwere Körperverletzung, Drogenmissbrauch und -handel, sowie Vergewaltigung. Die Liste war noch länger, aber alles konnte ich mir nicht merken. Es gab so schon genug zu verdauen.

Ich habe eine neue Beziehung angefangen und habe Günther geschrieben, dass es keine Hoffnung mehr auf ein Zurück gibt. Er fing dann an, mir Briefe aus dem Gefängnis zu schreiben. Ich frage mich heute noch, wie diese Briefe das Gefängnis verlassen konnten, wenn immer behauptet wird, dass dort alles kontrolliert wird... Es waren Morddrohungen an mich. Er schrieb teilweise mit seinem eigenen Blut.

An Silvester zog ich mich schwarz an. Normalerweise zog ich an Silvester weiß an, weil man in Brasilien sagt, dass Weiß Glück bringt. Doch diesmal dachte ich, dass ich das dieses Jahr unbedingt anders machen musste. In meinem Tagebuch habe ich am 31. Dezember 1991 folgendes geschrieben: *„Ende des Jahres, Ende der Scheiße. Adeus 1991! Zur Hölle mit dir! Ich wünsche jedem auf dieser Welt einen besseren Tag. Prost Neujahr, Papa! Eines Tages sehen wir uns wieder. Gott, gib mir Kraft, um zu kämpfen, weil mein Leben ein endloser Kampf ist. Wünsche meiner geliebten Mutter alles Gute und auch meiner Tochter, welche mein Blut und mein Schweiß ist. Ich liebe alle, die mir jemals eine*

Hand gereicht haben, auch wenn diese mir danach den Rücken gekehrt und mich ausgelacht haben. In jedem Herzen gibt es Güte und ich <u>will</u> diese Güte sehen."

1992 - Ein bewegtes Jahr

Ich war nun mit Felix zusammen und verbrachte so viel Zeit wir möglich mit Sophie. Wir gingen zu Volksfesten, in den Zoo und nach Tübingen, meine Cousine und meine Mutter besuchen. Sophie war oft krank und die Schwierigkeiten hörten nicht auf.

Damals führte ich Tagebücher. Nach vielen Jahren habe ich diese vernichtet, weil ich all das, was darin stand, nicht mehr ertragen konnte. Ich habe eine Zusammenfassung gemacht und alles herausgeschrieben, was Sophie betraf. Von den Tagebüchern sind vier Seiten übrig geblieben:

11. Januar 1992

Wir haben Nani (so nannte ich Sophie als Kind) abgeholt. Felix ist über Nacht geblieben. Wir schauten fern, aber schlafen konnte ich kaum. Bin sehr krank.

12. Januar 1992

Isabella hat angerufen und ich habe mit meiner Mutter gesprochen.

13. Januar 1992

Wenn alles so einfach wäre, wie sich zu verlieben, wäre alles wunderbar. Bei jedem Spiel verliert man und ich habe gewaltig verloren. Warum ich hier büßen muss, weiß ich nicht, aber ich weiß, dass ich das alles nicht verdient habe. Ich habe immer Gutes getan und jedem geholfen. Meine Seele und meine Gedanken sind rein. Ich bin aus Stahl, doch innen aus Glas. Warum nur? Warum kann ich nicht wieder so sein wie früher? Warum hat mich die Welt so hässlich, bedrückt und kalt gemacht? Nein. Ich bin nicht kalt, muss aber meine Gefühle so sehr verstecken, dass ich kalt wirke. Manchmal denke ich, dass ich explodieren werde.

Ich möchte verbrannt werden. Nichts soll von mir übrig bleiben, nicht einmal Staub, denn sicher würde dieser Staub auch leiden müssen.

14. Januar 1992

Meine Mutter und Isabella haben angerufen.

Ob ich überleben werde? Werde ich den Richtigen lieben? Werde ich beweisen können, dass ich ein würdiger Mensch bin? Ich wäre froh, wenn alles eine Erklärung und einen Sinn haben würde.

Ich bin nicht glücklich.

Ich greife nach jedem Hoffnungsfaden, den ich nur erreichen kann. Versuche mich mit Nägel und Zähnen festzuhalten, aber ich falle immer wieder herunter. Ich verliere alles, was ich liebe. Alles, was ich hasse, kommt zu mir.

Hätte ich mein Schicksal gewusst, wäre ich lieber nicht geboren worden.

Gott, gib meiner Tochter ein besseres Glück als mir.

15. Januar 1992

Wir haben die letzten Sachen aus Höfen abgeholt. Es fehlten viele Dinge: Mein Spiel, ein Spiegel, welchen ich in der Schule bemalt hatte und mein ganzes Gold. Alles was ich und Sophie an Gold besaßen: Ketten, Armbänder, Ohrringe. Erinnerungen, die einfach verschwunden waren.

In Portugal schenkt man zu besonderen Anlässen bevorzugt Gold. Ich hatte noch mein Babyarmbändchen mit meinem Namen eingraviert. Sophie hatte auch eins. Meine Mutter ebenfalls. Es war alles weg.

Gott, verzeih mir, aber ich empfinde Hass. Manchmal, warum auch immer, tut mir Günther leid, aber im Moment hasse ich ihn. Seine Seele wird eine Ewigkeit keine Ruhe finden, weil er mir so viel Schlechtes angetan hat.

Alles Gute zum Geburtstag, mein geliebter Vater. Es tut mir unendlich leid, dass du nicht da bist. Ich vermisse alles, was wir zusammen gemacht und nicht mehr gemacht haben. Du warst der beste Vater und Opa auf dieser Erde. Wenn ich eines Tages nochmals leben sollte, musst du wieder mein Vater sein. Ich bete zu Gott, dass mir dieser Wunsch in Erfüllung geht, dass er mir noch einmal eine Chance gibt, mit dir als Vater wieder

glücklich zu sein. Hoffentlich nimmt Er mir nicht auch
noch meine Mutter weg.

Gäbe es noch mehr von meinen Aufzeichnungen, könnte ich viel ausführlicher schreiben, aber so ist es nun mal. Die Geschichte geht trotzdem weiter…

Im April 1992 habe ich endlich eine bezahlbare 3-Zimmer-Wohnung in Nürnberg gefunden. Und sofort ging ich zum Jugendamt, um die gute Nachricht zu überbringen. Doch sie freuten sich nicht. Sie wollten, dass Sophies Zimmer zuerst eingerichtet wird, bevor sie zu mir ziehen kann. Und so musste ich wieder sparen.

Bett, Schrank, Schreibtisch. Felix zog zu mir und ich suchte weiter nach einem besser bezahlten Job. Nur nicht aufgeben, dachte ich.

So sollte ein neues Leben anfangen. Hoffte ich. Neuer Freund, neuer Job, neue Wohnung, neues Leben mit Sophie.

Günther wusste nicht, wo ich wohnte und ließ mich eine Zeit lang in Ruhe.

Ich fand einen viel besseren Job und schnell hatte ich ein schönes Zimmer für meine Tochter eingerichtet. Sophie war noch immer bei Paula und das Jugendamt stellte immer mehr Forderungen. Diesmal musste ich dafür sorgen, dass jemand auf Sophie aufpasst, wenn ich auf der Arbeit bin.

In der Zwischenzeit bekam ich gewaltige Schmerzen im Bein. Diese wurden immer schlimmer, bis der Notarzt fast schon bei mir wohnte. Jeden Tag rief ich an. Ich konnte trotz aller Behandlungen, Massagen, Fangopackungen, Medikamente und Krankengymnastik kaum mehr atmen. Die kleinste Bewegung war die Hölle. Ich beschloss, auf eigene Faust ins Krankenhaus zu gehen. Dort war der Arzt entsetzt. Ich konnte mein Bein nur noch 25° heben. Not-OP. Bandscheibenvorfall.

Felix kümmerte sich rührend um mich. Es dauerte lange, aber ich erholte mich wieder.

Als es mir besser ging, ließ ich meine Mutter zu mir ziehen, damit immer jemand für Sophie da war. Und daran zerbrach kurze Zeit später meine neue Beziehung.

Das Jugendamt ließ Sophie immer noch nicht zu mir ziehen. Sie hatte angeblich Sprachprobleme und deshalb sollte ich zuerst einen Kindergartenplatz für sie finden, was wirklich nicht einfach war. Doch auch das schaffte ich. Ich hatte die Zusage für einen Kindergartenplatz bekommen.

Voller Glück ging ich wieder einmal zum Jugendamt mit meiner Nachricht.

Diesmal erklärte mir Frau Brauner, dass Sophie sich bei Frau Schweitzer wegen Verhaltensstörung in Behandlung befand. Sie sollte zuerst psychisch auf den Umzug zu mir vorbereitet werden. Man kann kein Kind von jetzt auf nachher woanders hinbringen. Das wäre nicht gut für das Kind.

Ich verstand das zwar nicht, aber ich wollte nur das Beste für meine Tochter. Wenn es so für sie besser war, dann musste ich mich gedulden. Trotz all der vergangenen Ereignisse, vertraute ich immer noch den deutschen Behörden.

Im August wurde Günther wieder verhaftet. Ich bekam immer mehr Briefe aus dem Gefängnis.

Mein neuer Arbeitgeber zahlte seit drei Monate kein Gehalt mehr und im August war ich arbeitslos. Jetzt ging die Suche wieder von vorne los.

Ich hatte keinen Job, keinen Freund, kein Kind. Ich war wieder unten angekommen und musste irgendwie wieder aufstehen.

Meine Freunde besuchten mich oft: Corinna und ihr Mann, Jennifer mit Mann und Kind, Giselle und ihr Freund. Zumindest war Sophie am Wochenende da. Sie verstand sich immer gut mit meinen Freunden, vor allem mit den Männern. Sie war ein fröhliches Kind.

Kein Ende in Sicht

Im Januar 1993 fand ich eine Stelle in einem Übersetzungsbüro in der Stadt. Endlich neue Perspektiven!

Das Jugendamt ließ sich immer noch Zeit mit der angeblichen seelischen Vorbereitung. Meine Hoffnungen blieben aber bestehen. Ich musste weiterhin Geduld beweisen.

Am 13. Juli 1993 rief mich das Jugendamt an. Ich sollte zu einem Treffen am 15. Juli 1993 kommen. Der Grund wurde mir nicht genannt.

Am 15. Juli 1993 machte ich mich schick und ging zu diesem Treffen. Anwesend waren ein Sozialarbeiter, Sophies Psychologin und zwei Beamte des Jugendamts. Mir wurde mitgeteilt, dass es mir endgültig untersagt sei, meine Tochter zu sehen, ihr nahezukommen oder sie anzurufen, da ich sie sexuell missbraucht hätte.

Und wieder einmal war ich sprachlos. Ich verstand plötzlich gar nichts mehr. Es war wie mehrere Schläge gleichzeitig. Es musste ein Irrtum sein!

Mir wurde noch geraten, mich in psychiatrische Behandlung zu begeben, da ich Hilfe bräuchte. Keine Nachfrage, ob ich es wirklich getan habe. Keine Chance auf Verteidigung.

Egal was ich sagte, man glaubte mir nicht. Ich wusste vor lauter Verzweiflung nicht mehr wohin mit mir.

Meine Welt war wieder mal komplett zusammengebrochen. Alle meine Bemühungen waren umsonst. Diesmal hat man mir das genommen, was mir als Freude im Leben geblieben war: Meine Tochter.

Später erfuhr ich, dass in der Zeit, in der Sophie bei Paula gewesen ist, niemand wusste, dass ich ihre Mutter bin. Paula gab sich überall als Sophies Mutter aus.

Zu diesem Zeitpunkt erhielt ich ein Schreiben von den Anwälten meiner Schwägerin, in dem mir Hausverbot erteilt wurde. Ich verlor langsam meinen Halt, meine Hoffnungen, meine Kräfte.

Ich suchte mir einen Anwalt und schrieb eine Stellungnahme dazu. In diesem Schreiben versuchte ich zu erklären, dass ich meiner Tochter nichts getan habe und ihr auch nie etwas antun würde. Ich ging davon aus, dass mein Anwalt dieses Schreiben ans Gericht weiterleiten würde.

Am 19. August 1993 wurde beschlossen, dass das Jugendamt Sophies Vormund sei. Dies wurde mir schriftlich mitgeteilt. Von meinem Anwalt hörte ich nichts mehr. Ich ging also davon aus, dass alles seinen Weg ging.

Am 23. September 1993 erklärte mir das Jugendamt, dass Frau Schweitzer berichtet hat, Sophie würde sich vehement weigern, mich zu sehen. Das konnte ich mir beim besten Willen nicht vorstellen. Doch mir waren die Hände gebunden. Ich konnte nichts machen, denn sonst würde ich gegen das Gesetz verstoßen. So etwas war so tief in mir verwurzelt, dass ich es niemals wagen würde.

Ich verbrachte Tag und Nacht damit, Gitarre zu spielen und zu weinen. Ich hatte Albträume, verspürte kaum noch Lebenslust. Das Arbeiten fiel mir schwer. Ich war nur noch ein Schatten meiner selbst. Meine Mutter bemerkte meine Verzweiflung, sagte jedoch nichts. Ich versuchte, so gut es ging, alles vor ihr zu verstecken. Weiterhin wollte ich sie schützen, sie nicht leiden sehen. Es reichte, wenn ich litt.

Am 20. Dezember 1993 wurde mir mitgeteilt, dass „ein Kontakt mit dem Kind nur in den Räumlichkeiten der Beratungsstelle unter Aufsicht der Begleitperson oder Dr. Blumenkamp zustande kommen darf." Doch einen Termin zu diesem so genannten Kontakt bekam ich nicht.

Ich suchte eine Psychologin auf und fing eine Psychotherapie an. Ich war kein Mensch mehr. Ich glaubte daran, dass Gott mich verlassen hat. Ich war fest davon überzeugt, dass ich nur auf diese Welt gekommen bin, um zu leiden. Ich konnte nichts bewegen, nichts verbessern, konnte noch so gut sein, doch trotzdem würde mir kein Mensch glauben oder mir helfen. Ich war gerade dabei, meine Seele zu verlieren.

Vom 15. Juli 1993 bis zum 13. Mai 1994 durfte ich Sophie nur einmal im Beisein meiner Schwiegermutter sehen. Günther dagegen konnte sie jederzeit sehen. Sie wurde sogar ins Gefängnis gebracht, um ihn zu sehen! Es war schwer, das zu akzeptieren. Es tat unbeschreiblich weh.

Mein Anwalt hat meine Stellungnahme nicht ans Gericht weitergeleitet, weil das Schreiben zu viele Rechtschreibfehler enthielt. Das führte dazu, dass das Gericht dachte, ich hätte mich dazu nicht geäußert. Eine Korrektur oder ein nachträgliches Einreichen war nicht gestattet. „Sie müssen Ihrem Anwalt vertrauen", sagte mir der Richter.

Das Gutachten meiner Psychologin wurde vom Richter ignoriert.

Bei der Gerichtsverhandlung gab Paula an, ich hätte gegen ihre Haustür getreten und Sophie würde erzählen, dass sich immer andere Männer bei mir befänden. Ich durfte mich dazu nicht äußern und keine meiner Zeugen wurden vorgeladen. Meine Schwiegermutter sagte ebenfalls gegen mich aus und Günther stellte den Antrag auf Sorgerecht zu Gunsten des Jugendamtes, da es ihm bewusst war, dass er es nicht bekommen würde. Aber Hauptsache ich bekäme das Sorgerecht nicht. Das wollten alle erreichen.

Er kam in Handschellen zur Verhandlung und Sophie durfte das sehen. Keiner hat das Kind davor geschützt! Sie wurde nur vor dem einzigen Menschen geschützt, der sie am innigsten liebte: Vor mir.

Ich wechselte den Anwalt. Mein neuer Anwalt hat immer wieder Akteneinsicht beantragt, doch diese wurden mehrmals abgelehnt. In meiner Scheidungsurkunde steht, dass ich selbst angeregt habe, dass das Sorgerecht für meine Tochter beim Jugendamt bleibt. Mein Rechtsanwalt forderte eine Richtigstellung, dies wurde ebenfalls abgelehnt. Ich sah keinen Ausweg mehr. Mir ging es konsequent schlechter, doch das Aufgeben kam für mich nicht infrage. Ich musste um meine Tochter kämpfen.

Das Jugendamt wollte mir angeblich helfen. Die Gespräche gingen aber immer nur darum, dass ich gestehen sollte. Mir wurde erklärt, dass Paula schon sehr lange als Pflegemutter bekannt war. Deshalb wäre es für sie nicht notwendig, sich zu verteidigen. Sie würde das Vertrauen des Jugendamtes genießen. Man ging also prinzipiell davon aus, dass nur sie die Wahrheit sagte, während ich nur log. Stellungnahmen meiner Zeugen, Freunde, Arbeitgeber, Psychologen wurden nach und nach abgelehnt. Ich bekam nie eine Chance, mich wirklich zu verteidigen. Ich war auch keine Deutsche und somit kannte ich meine Rechte nicht so gut… Mir wurde nicht geholfen.

Eines Tages sagte mir die Beamtin des Jugendamtes, dass es einfacher für mich wäre, wenn ich es endlich gestehen würde. Das hatte ich schon oft gehört, doch diesmal erklärte sie mir, dass Menschen, die so etwas machen, keine Monster seien. Sie können therapiert werden. Sollte ich gestehen, dann würde ich meine Tochter in zwei Jahren wieder zu mir nehmen dürfen. Bliebe ich dabei, dann würde ich keine Chance haben, sie jemals wieder zu bekommen.

Das war mir zu viel. Ich stand auf, brach in Tränen aus und sagte ihr, dass meine Erziehung mir so etwas niemals erlauben würde. Dass ich denke, dass Menschen, die zu so etwas fähig sind, vor allem auch noch mit dem eigenem Kind, für mich sehr wohl Monster seien. Und ich würde niemals im Leben etwas gestehen, was ich nicht getan habe. Auch nicht, wenn dies bedeuten würde, dass ich mein Kind nie mehr wieder sehen würde.

Ich war sowas von entsetzt, dass man sich einfach etwas einbilden und danach handeln konnte. Man dachte tatsächlich, andere Menschen dazu zwingen zu können, etwas zu gestehen, was sie nicht getan haben, nur um am Ende Recht zu behalten! Wo war ich denn hingeraten? Was war das für ein Land? Was waren das für Menschen??? Vergewaltiger waren keine Monster??? Hatten die keine Skrupel? Kein Gewissen? Keinen Sinn für Gerechtigkeit? Galten nur noch Paragraphen und fertige Sätze aus Lehrbüchern?

Aber was sollte ich noch machen? Weder Beamte, noch Polizei, noch Richter, noch Rechtsanwälte wollten mir helfen. Und ich zerbrach immer mehr. Es gibt auf dieser Welt nichts Schlimmeres, als für etwas beschuldigt zu werden, was man nicht getan hat und nicht die Möglichkeit zu haben, sich zu verteidigen. Das ist beinahe tödlich. Diese Ohnmacht, diese endlose Verzweiflung, diese unendliche Hilflosigkeit, das alles raubt einem die Luft zum Atmen, jegliche Hoffnung, alle guten Gedanken und den Glauben an Gott. Man fühlt sich wie lebendig verbrannt. Langsam und quälend. Ich kann heute immer noch nicht mit Ungerechtigkeit umgehen. Es reicht schon ein einfacher Film im Fernsehen. Wenn es um Ungerechtigkeit geht, zittere ich, werde wütend, verzweifelt. Dieses Trauma werde ich mit ins Grab nehmen müssen.

Beim Übersetzungsbüro lernte ich Heinrich kennen. Ich beschloss, mehr Deutsch zu lernen, die Sprache vollkommen zu beherrschen. Es sollte mir nicht noch einmal passieren, dass ich versage, weil meine Sprache nicht gut genug war. Ich kaufte mir ein Grammatikbuch, lernte fleißig und er half mir dabei.

Jetzt suchte ich mir einen anderen Anwalt, denn aufgeben wollte ich nicht. Ganz egal was diese Menschen sich einbildeten. Ich würde weitermachen. So lange, bis ich meine Tochter wieder bei mir aufnehmen kann.

Mein neuer Anwalt stellte am 21. Januar 1994 einen Antrag auf Umgangsrecht. Dabei erklärte er, dass ich in völlig normalen Verhältnissen lebe. Er versuchte, noch einiges klar zu stellen:

- Der Vorwurf, „häufig wechselnde Geschlechtspartner" könnte nicht auf der Aussage von Sophie basieren, welche in einem Zeitraum von mehreren Jahren drei Männernamen genannt hat.

- Über den Vorfall vom 11. Juni 1991 hat mein Anwalt das Attest meines Hausarztes, die Aussage meines damaligen Arbeitgebers, das Krankenhausattest, einen

Brief meines Exmannes und die Aussage von zwei weiteren Personen vorgelegt. Gegenüber eines Zeugen hat Sophie geäußert: „Du schlägst Mama doch nicht, oder?".

- Die drei von Sophie genannten Männer sowie deren Ehefrauen waren bereit, vor Gericht auszusagen.

- Es wurde in diesem Schreiben auch klargestellt, dass nicht ich meine Unschuld beweisen müsste, sondern vielmehr mir die Schuld bewiesen werden müsste.

Doch all dies hat den Richter bei der Verhandlung nicht interessiert. Keine Zeugen meinerseits wurden geladen. Kein Schriftstück berücksichtigt.

Hier wurde deutlich klar, dass ich für dieses Gericht nichts wert war. Ich hatte schlicht und einfach nicht das gleiche Recht wie ein Deutscher.

Am 15. Februar 1994 bekam ich von Dr. med. Kratzniew eine ärztliche Stellungnahme zur Vorlage bei Gericht. Sie erklärt, Zitat: „In ihrem Privatleben hat sich Frau Schmitt der Situation angemessen arrangiert…. Perverse Tendenzen sind auf keiner Ebene vorhanden. Frau Schmitt ist eine reife und ausgeglichene Persönlichkeit mit einer starken emotionalen Bindung an ihre Tochter, die sie hingebungsvoll liebt." Sie zitiert, was ich ihr geschrieben habe: „...aber alles, was ich will, ist meine Tochter. Mit Problemen oder ohne Probleme. Es ist mir gleichgültig, wenn sie „verhaltensgestört" ist, es macht nichts, wenn sie böse ist, wenn sie mich schlägt oder schreit. Ich liebe sie sehr und ich weiß, dass es mir mit Liebe gelingen würde, dass sie „normal" wird. Ich glaube, dass ich mit Liebe und Hingabe mehr erreichen kann als irgendein Psychologe der Welt. Ich möchte endlich eine Chance haben, Mutter zu sein." Weiter schreibt sie: „Aufgrund meiner therapeutischen Erfahrung mit Frau Schmitt besteht für mich kein Zweifel an der Unschuld dieser Frau. Sie hat ihre Tochter nicht sexuell missbraucht."

Der Antrag meines Anwalts wurde wieder abgelehnt. Die Stellungnahme meiner Psychotherapeutin nicht angenommen.

Am 03. März 1994 ließ ich mich scheiden und nahm meinen Mädchennamen wieder an. Ich wollte nichts mehr mit dieser Familie zu tun haben. Weder mit seiner Familie, noch mit seinen Freunden. Ich wollte ein komplett neues Leben anfangen. Ganz von vorne.

Wieder einmal...

Im Protokoll der Scheidung wird die Aussage meiner Schwägerin niedergeschrieben. U. a. erklärte sie Folgendes zum sexuellen Missbrauch. Zitat: „Auf den sexuellen Missbrauch angesprochen, habe ich das erste Mal davon erfahren, als ich mit Sophie und einem weiteren Pflegekind von mir bei einem Psychologen war. Dort hat sie den Psychologen plötzlich in den Unterleib getreten. …Später habe ich erfahren, dass Sophie dies bei anderen Jungen und auch erwachsenen Männern macht. Ich habe es auch gesehen. Daraufhin habe ich mich mit dem Jugendamt in Verbindung gesetzt und habe dieses Verhalten auch Frau Schweitzer mitgeteilt… Darauf angesprochen, ob ich bereit wäre, einen Umgang zwischen Sophie und der Kindesmutter zu dulden, möchte ich sagen, dass ich weiß, dass Sophie die Mutter gern hat."

Wenn man das genau liest und wenn man das damals so erzählt hat, dann frage ich mich, warum man ausgerechnet mich verdächtigt hat. Ihre Aversion richtete sich eindeutig gegen Männer! War es einfach nur der letzte Weg gewesen, mein Kind einer deutschen Familie zu überlassen? Wollte man mich loswerden? Aber warum? Warum mich?

In meiner Verzweiflung schickte ich am 13. Mai 1994 ein Schreiben an das Bundesministerium für Frauen und

Jugend. Frau Barbara Blum entschuldigte sich, mir nicht helfen zu können und verwies auf einen „erneuten Rat meines Rechtsanwaltes".

Inzwischen war ich mit Heinrich zusammen. Er sollte für elf Jahre mein Lebensgefährte und der Vater meiner jüngsten Tochter werden. Ich gewöhnte mich daran, ohne Sophie zu leben, obwohl ich nie aufgehört habe, meine Tochter zu lieben.

Am 11. April 1995 stellte ich erneut einen Antrag auf Sorgerecht. Günther befand sich zu dieser Zeit auf Drogenentzug in einer Klinik.

Ich habe Sophie nie aufgegeben. Ich würde sie niemals aufgeben.

Irgendwann kam der so ersehnte Anruf. Das Jugendamt fragte nach, ob ich meine Tochter nicht zu mir nehmen möchte. Ich war sprachlos und skeptisch gleichzeitig. Ich wollte nicht wieder in eine Falle tappen. Ich fragte, warum jetzt und mir wurde erklärt, dass Paula sich getrennt hatte und sich somit nicht mehr um Sophie kümmern könne. Aha! Plötzlich war ich doch noch gut genug? Und die Vorwürfe???

Ich sagte am Telefon, dass ich meine Tochter selbstverständlich sofort zu mir nehmen würde, jedoch nur, wenn man mir dies schriftlich geben würde, dass sie zu mir darf.

Und so geschah es dann.

Ich beantragte sofort das Sorgerecht für Sophie.

Am 15. Mai 1995 war das Sorgerechtsverfahren. Dr. Blumenkamp erklärte vor Gericht und in einem Schreiben ans Jugendamt - Zitat: „Aus der Sicht unserer Beobachtungen steht einer Platzierung des Kindes bei seiner Mutter nichts im Wege. Eine längere Verzögerung wird bei der verständlicherweise nicht abzuarbeitenden Aversion der Pflegemutter gegenüber ihrer Schwägerin mit Sicherheit zu viel fixierenden Irritationen bei Sophie führen, so dass diese Situation schon bald eine größere Gefährdung für das Wohl des Kindes darstellen wird, als die im Raum stehende, und falls überhaupt, nun schon mehrere Jahre zurückliegende sexuelle Belästigung."

Es war nicht zu fassen, dass erst jetzt allen offensichtlich klar wurde, dass nichts geschehen war und dass diese Familie die ganze Zeit nur geschickt gegen mich gearbeitet hat. „Falls überhaupt." Diese zwei Worte waren alles an Geständnissen.

Dieses Trauma verfolgt mich heute noch und hat mein Leben verändert, mich krank gemacht. Deutschland hat mich krank gemacht. U. a. waren diese Menschen dafür verantwortlich, was aus mir geworden ist. Aber sie gaben trotzdem keinen Fehler zu. Höchstens ein „Versehen".

Am 01. August 1995 zog Sophie endlich zu mir.

Ganzes Schreiben vom 31. Juli 1995, Stadtjugendamt Nürnberg:

„Sehr geehrte Frau Castro, hiermit bestätigt Ihnen das Stadtjugendamt, dass Ihre Tochter Sophie Schmitt ab 01. August 1995 wieder in Ihrem Haushalt lebt.

MfG"

Das war alles. Zwei Zeilen für so viele Jahre pures Leiden. Zwei Zeilen für die ganze Zeit, die ich verpassen musste, nicht sehen konnte, wie meine Tochter wächst und sich entwickelt. Zwei Zeilen für die mir gestohlene Zeit mit meiner Tochter. Unwiederbringliche Zeit.

Solche Menschen entscheiden über das Schicksal von Kindern und Erwachsenen. Verurteilen ohne Beweise. Treffen Entscheidungen und werden von allen Seiten unterstützt, ohne die andere Seite wirklich zu kennen. Hätten sie sich die Mühe gemacht, sich mit meiner Kultur und Erziehung, mit meinem früheren Leben auseinander zu setzen, dann hätten sie sofort gewusst, dass ich es nicht gewesen sein konnte. Hätten sie sich bemüht, wenn schon im Glauben, dass ein sexueller Missbrauch stattgefunden hat, den Schuldigen herauszufinden, ohne sich von falschen Aussagen beeinflussen zu lassen und das nächstbeste Opfer zu vernichten, dann wäre mir und meiner Tochter einiges erspart geblieben.

Paula wurde jahrelang von ihrem Mann missbraucht, geschlagen, getreten. Ihre Tochter ebenfalls. Das überprüfte keiner. Und alle haben das gewusst. Die ganze Familie. Doch offensichtlich war dieses Zuhause allen lieber, als mir mein Kind zu geben. Einer Ausländerin.

Erst am 03. November 1995 kam der endgültige Beschluss für die Übertragung des Sorgerechts an mich bei mir an. Vier Jahre und sieben Monate zu spät. Keine Entschuldigungen, keine Erklärungen.

Ich bin niemandem ein Wort wert gewesen. Bis heute nicht.

Der sexuelle Missbrauch ließ mir keine Ruhe. Ich brachte Sophie zum Frauenarzt, wo mir bestätigt wurde, dass sie höchstwahrscheinlich sexuell missbraucht wurde. Daraufhin suchte ich eine Kinderpsychotherapeutin. Mein Kind sollte wieder gesund werden.

Die Therapeutin sagte, dass Sophie alles vergessen hätte. Viele Kinder verdrängen so etwas. Das wäre besser so für sie und wir sollten in diesem Fall keine Erinnerungen wecken.

Sie war außerdem noch ADHS-krank. Ich machte Kurse und gab ihr Medikamente, damit ich ihr endlich helfen konnte. Es war alles sehr schwierig, aber ich war bereit, alle Wege zu gehen, denn ich war wirklich und ernsthaft am Wohl meines Kindes interessiert.

Ich änderte ihren Nachnamen, brachte sie in einer sicheren Schule mit Betreuung unter und sorgte dafür, dass diese Familie keinen Kontakt mehr zu ihr hatte. Sie sollte endlich ein gutes Leben haben. Das Leben, das ich ihr schon immer geben wollte und nicht durfte.

Jetzt hatte sie eine neue, echte Familie.

Überstanden?

Jetzt wird alles gut.

Wie oft habe ich das in meinem Leben schon gedacht? Eingetreten ist es bis heute noch nicht. Es ist aber zumindest nicht schlimmer geworden. Man lernt, mit wenig zufrieden zu sein, vor allem, wenn einem größere Katastrophen erspart bleiben.

Günther hat sich noch einmal blicken lassen. Er stand irgendwann einfach vor meiner Tür und wollte Sophie sehen. Wir ihn aber nicht. Jetzt nicht mehr! Ich schickte ihn weg mit den Worten: „Bring erst einmal einen Gerichtsbeschluss mit, dass du sie sehen darfst." Er meinte, es hätte mir auch nicht gefallen, als niemand mir erlaubt hat, meine Tochter zu sehen.

Das stimmte. Aber da hörte ich langsam auf, an das Gute im Menschen zu glauben. Seine Aussage tat mir im Herzen schon noch weh, aber nun dachte ich zunehmend mit dem Kopf und nicht mehr nur mit dem Herzen. Ich schloss die Tür und ließ dieses Kapitel meines Lebens endlich hinter mir.

Von seiner Familie habe ich nie wieder etwas gehört. Gott sei Dank.

Mit meiner Tochter hatte ich eine Menge zu tun. Es entwickelte sich zu einer ganz normalen Beziehung, mit Höhen und Tiefen.

Am Anfang war es sehr schwierig mit ihr. Sie schrie so ausdauernd, dass die Nachbarn einmal die Polizei gerufen haben. Man dachte, ich würde meine Tochter schlagen. Zum Glück konnten sich die Beamten vor Ort davon überzeugen, dass ich nichts dafür konnte.

Die Psychologin, bei der Sophie in Behandlung war, leistete diesbezüglich eine gute Arbeit. Sie unterstütze sowohl Sophie als auch mich. Und obwohl Sophie in der Schule noch sehr aggressiv war, verbesserte sie sich zunehmend. Ich sorgte in all den Jahren für Betreuung und medizinische Unterstützung für sie. Somit besuchte sie eine Tagesklinik und eine Heilpädagogische Tagesstätte, gefolgt von einer Nachbetreuung. Ich musste jetzt alles wieder gut machen, was in all den Jahren falsch gelaufen war. Und es war harte Arbeit.

Ein paar Jahre später wollte ich alles wieder aufrollen und das Jugendamt verklagen. Ich wollte keine Rache, sondern Gerechtigkeit. Termine waren schon vereinbart, Schreiben entworfen, doch als ich diesen Menschen Auge um Auge gegenüberstand, verließen mich meine Kräfte. Die Wunde war wieder offen. Keine Spur mehr von Mut oder Stärke. Offensichtlich war das alles zu viel gewesen und es saß viel tiefer in mir drin, als ich dachte. Anstatt zu reden, weinte ich. Ich zitterte. Es war zwecklos. Es gab Wichtigeres im Leben zu erledigen, als mich wieder damit zu befassen. Es gab noch meine Tochter. Und sie war wirklich erheblich wichtiger als diese Menschen.

Ich habe mich stets bemüht, eine gute Mutter zu sein und begleite meine Tochter immer noch auf ihrem Weg. Sie hat inzwischen eine Ausbildung gemacht, eine Stelle bekommen und ist gerade dabei, in Sachen Liebe Erfahrungen zu sammeln. Ich bin sehr gespannt, was ich noch alles erleben darf, hoffe jedoch, dass sie niemals wieder leiden muss.

Kapitel 4

Über meine Beziehung zu Heinrich werde ich hier so gut wie nichts schreiben. Ich habe mich in diesem Buch strengstens an die Wahrheit gehalten. Es gibt immer Gutes und Schlechtes über jemanden zu berichten. Nur in einer Richtung möchte ich nicht berichten, deshalb und auch als Zeichen meines Respekts bleiben meine zwei letzten Beziehungen einfach nur Erwähnungen.

Ein etwas besseres Leben

Im Übersetzungsbüro arbeitete ich mich von Sachbearbeiterin zur Sekretariatsleiterin hoch. Mein Chef war total nett und ich war stets bemüht, mein Bestes zu geben. So arbeitete ich sogar am Wochenende von zu Hause aus oder half unentgeltlich bei unserem Umzug. Die Arbeit gefiel mir sehr gut und mein Leben begann zu dieser Zeit, sich in die richtige Richtung zu bewegen. Ab 1994 unterrichtete ich nebenbei Portugiesisch an der Volkshochschule. Da ich schon immer Lehrerin sein wollte, erfüllte mich diese Aufgabe zunehmend.

Meine Arbeit im Übersetzungsbüro ist mein Traumjob gewesen, bis Heinrich kündigte.

Da der Chef gewusst hat, dass wir zusammen waren (wir haben uns dort kennen gelernt), dachte er, ich würde ihm interne Informationen geben. Es schien so, als würde man mir immer noch nicht glauben. Waren oder sind die Deutschen so misstrauisch? Oder war ich einfach zu gut und zu anständig?

Glaubte vielleicht nur ich alleine an Respekt, Aufrichtigkeit und Treue?

Mein Chef fing an, mich zu mobben, denn einen Grund mir zu kündigen, hatte er nicht.

Er beauftragte die Sekretärin mit meinen Aufgaben und ließ mich ihre Arbeit machen. Alles was ich ab jetzt tat, war falsch: Öffnete ich die Post, dann wollte ich spionieren; öffnete ich sie nicht, habe ich meine Arbeit nicht erledigt. Er griff sogar zu kindischen Mitteln, wie mein Telefon auf dem Schrank zu stellen und meinen Schreibtisch in Unordnung zu bringen, bevor ich zur Arbeit kam. Es ging so weit, dass er Lavendel im Büro verstreute, weil er wusste, dass ich dagegen allergisch war. Heute weiß ich, dass ich ihn gegen Körperverletzung hätte anzeigen können. Damals wusste ich das jedoch nicht.

Es war die Hölle und ich suchte das Gespräch. Er bot mir ein gutes Zeugnis an, wenn ich die Firma verlassen würde. Nur so doof war ich nicht mehr. Ich verlangte eine Abfindung, welche ich auch bekommen habe.

Ich habe weder während dieser Zeit noch später irgendeine interne Information preisgegeben. Meine Integrität ist mir immer wichtig gewesen. Doch diesmal geschah Gerechtigkeit. Ganz ohne meine Einwirkung!

Die Mitarbeiter verließen einer nach dem anderen die Firma. Die Sekretärin machte sich selbstständig und nahm sämtliche Kunden, Dolmetscher und Übersetzer mit.

Nur einen Monat nach meiner Entlassung fand ich eine Arbeit im Öffentlichen Dienst. Ab jetzt war ich Sekretärin des Zentrums für Klinische Forschung an der Universität Nürnberg.

Da ich endgültig überzeugt davon war, Deutschland nie wieder zu verlassen, beantragte ich die deutsche Staatsangehörigkeit. Am 03. Februar 1999 fand meine Einbürgerung statt.

Nun waren ab sofort lästige Verlängerungen, Erlaubnisse und eingeschränkte Rechte passè.

Nie wieder würde mir das passieren, was einmal im Rathaus bei der Verlängerung meiner Papiere passiert ist: Ein Beamter kam aus seinem Zimmer und sagte laut zu allen Wartenden: „Alles, was noch draußen ist, hinein." Ich konnte es nicht fassen! Als ich an der Reihe war, sagte ich entschlossen: „Wenn Sie mich noch einmal als „was" bezeichnen, zeige ich Sie an!" Er entschuldigte sich mit dem Satz: „Entschuldigung. Ich wusste nicht, dass Sie Deutsch können." Tja, so ist es nun mal im „nichtrassistischen" Deutschland. Man geht davon aus, dass Ausländer dumm sind und keinen Respekt verdienen. Man macht sich einfach lustig über andere Menschen und sieht diese als minderwertig an.

Als ich noch auf Jobsuche war, rief ich bei Dytthof an: „Guten Tag. Ich habe Ihre Anzeige in der Zeitung gelesen. Sie suchen…" Weiter kam ich nicht. Eine weibliche Stimme bemerkte meinen Akzent und sagte: „Wir nehmen keine Ausländer." Aufgelegt.

Ein Autoversicherer weigerte sich, mein Auto zu versichern, weil ich keine Deutsche war. Die Begründung des Mitarbeiters: „Ausländer zahlen nicht, bauen Unfälle und verschwinden aus dem Land, ohne den Schaden zu bezahlen."

Auch bei der damaligen Bank konnte ich kein Konto mehr eröffnen. Obwohl ich die Schulden meines Exmannes komplett und alleine zurückbezahlt habe, argumentierten sie damit, dass es aufgrund meiner Staatsangehörigkeit und der damaligen Schulden nicht mehr möglich war, ein Konto für mich einzurichten. Andere Banken hatten dieses Problem jedoch nicht.

Aufrichtig zu sein war also nicht angesagt. In Deutschland muss man in erster Linie Deutsche sein. Man braucht auch nicht höflich zu sein, denn man erreicht viel mehr, wenn man mit Anwälten oder Anzeigen droht. Gute Zeugnisse werden überall ausgehändigt. Aufrichtigkeit, Ehrlichkeit und Treue sind erheblich weniger wert als ein Stück Papier. Und das, obwohl jeder weiß, wie wenig Zeugnisse wirklich aussagen. An der Uni ist ein abgeschlossenes Studium wichtig. Ganz egal was man studiert hat und was man dann für einen Job ausführen will. Trotz alle Regeln und Gesetze läuft in Deutschland nicht wirklich alles so, wie es sein sollte. Es wird leider immer noch viel zu wenig Wert auf die Moral gelegt. Jeder ist so sehr mit sich selbst beschäftigt, dass alles andere ausgeblendet wird. So kommt auch, dass die deutschen Autofahrer oftmals im Ausland nicht klar kommen. Die sind zu stur, zu sehr auf sich selbst fixiert. Mitmenschen werden somit oftmals zu einem „unvermeidbaren Übel".

Aber zurück zur Uni. Als wäre ein Studium das Wichtigste auf dieser Welt, wird nicht genau geachtet, WAS man studiert hat, sondern nur DASS man studiert hat.

So bekam meine damalige Chefin Ihre Stelle an der Uni. Um eine Abteilung zu leiten, benötigt man nicht ausreichende Fähigkeiten oder Erfahrung. Nein. Man benötigt ein abgeschlossenes Studium. Meine neue Vorgesetzte war also Biologin und sollte Verwaltungsaufgaben erledigen. Um einen guten Eindruck zu machen, kam sie nach Feierabend in die Uni, machte Licht und Computer an, und ging wieder. Damit gab sie an, die ganze Nacht zu arbeiten. Meine Arbeit (Statistiken, Buchhaltung, Tabellen usw.) wollte sie immer vorher sehen und selbst präsentieren. Als mir ein Professor bei einer Besprechung die Tabelle vorgelegt hat, sah ich, dass meine Chefin meinen Name unten an der Tabelle gegen ihren ausgetauscht hatte. Alles, was ich tat, ändert sie. Nicht meine Arbeit, sondern nur das Erstellungsdatum und den Erstellernamen. Schon wieder Ungerechtigkeit! Ich ging zu ihrem Vorgesetzen, dem Direktor der Pathologie, und erzählte es ihm. Als er mir nicht glaubte, bat ich ihn, sie einfach mal zu fragen, woher sie diese Daten hatte. Sie sollte ihm erklären, was ihre Überlegungen gewesen sind, denn ich wusste ganz genau, dass sie keine Ahnung davon hatte.

Ich weiß nicht, was für ein Gespräch die beiden geführt haben, aber sie fing bald damit an, mich zu mobben.

Zu dieser Zeit war ich schwanger. Es war in dem winzig kleinen Zimmer, das sich unter dem Dach befand, schon ganz schwierig, zu dritt am Schreibtisch zu sitzen. Es war Sommer und extrem heiß. Meine Chefin hielt eisern das Fenster geschlossen und machte nachts die Heizung an. Sie verfolgte mich privat. Sie saß immer im Auto und beobachtete mich: Im Supermarkt, an der VHS usw. Ich fühlte mich wie eine Verbrecherin. Das war unheimlich.

Als mein Vertrag im Juli 1999 auslief, wollte ich keine Verlängerung mehr haben. Ich hatte es endgültig satt, gemobbt zu werden.

Auch meine Chefin wurde ein paar Monate später „versetzt", oder wie ich inzwischen an der Uni gelernt habe, „weggelobt".

Es stimmte mich traurig, dass ich stets mit Ungerechtigkeiten konfrontiert wurde. Ich bemühte mich und bekam wenig bis gar nichts zurück.

Maria

Im Januar 2000 zogen wir nach Marienberg und am 27. Mai 2000 kam Maria zur Welt.

Während ich im Krankenhaus war, blieb Sophie bei meiner liebegewonnenen Nachbarin Monique. Monique war immer für mich da und von einer Nachbarin wurde sie zu einer echten Freundin. Diese Freundschaft hält heute noch. Die besten Menschen kommen meistens unerwartet in unsere Leben. Und die Freundschaften, die auch schlechte Zeiten überstehen, sind die wahren Freundschaften.

Maria war ein Wunschkind. Sie war schon im Bauch sehr aktiv und blieb auch nach der Geburt so. Liebevoll, aufgeweckt und eine echte Persönlichkeit mit einem sehr starken Willen. Sie wuchs zweisprachig auf, entschloss sich aber bereits mit ca. drei Jahren, kein Portugiesisch mehr sprechen zu wollen, weil nach ihrer eigenen Aussage: „niemand verstand, was sie sagte". Im Kindergarten war sie das einzige Mädchen, die im Baueck spielte. Sie hat sich nie für Puppen interessiert, sondern immer nur für Tiere. Wie ihre Schwester, war Maria auch faul. Alles musste gleich klappen, oder es wurde verworfen. Offensichtlich hatte sie meine Geduld geerbt... (ich bezeichne dieses Wort immer noch als

„Fremdwort"). Sie vermied alles, was mit Arbeit verbunden war: Fahrradfahren, Schwimmen lernen.

Einmal habe ich mir eine Unterhaltung zwischen Maria und ihrer damalige Freundin Tjorven aufgeschrieben (da war Maria fünf Jahre alt). Ein schlaues, schlagfertiges Mädchen...

Zum Genießen:

T: Guck... Da ist ein Hubschrauber!

M: Ja, aber den kann man nicht sehen.

T: Doch! Guck!

M: Ahh... Du meinst ein helicóptero! (Portugiesisches Wort für Hubschrauber)

T: Willst auch eins (Bonbon)?

M: Nee. Weißt was? Wenn du das isst, dann kommen die Bakterien und die haben so einen großen Mund, dass sie dir die ganzen Zähne auffressen!

T: Echt?

M: Jaaaa!

T: Schenkst du mir das?

M: Nee. Vielleicht wenn du sechs bist...

T: Da bin ich aber schon umgezogen.

M: Dann schicke ich es dir halt.

T: OK. Aber sag es deiner Mama, ja?

M: Weißt du, das habe ich geschenkt bekommen, und was man geschenkt bekommt, schenkt man nicht weiter.

M: Hey du! Wenn du nach Griechenland gehst, da ist die Mickey Maus, sie hat eine Kugel in der Hand und zeigt dir Europa.

T: Europa?

M: Genau!

Vor ihrer Einschulung wurde sie von ihrer Lehrerin gefragt, ob sie sich schon auf die Schule freuen würde. Sie antwortete: „Nein". Die Lehrerin ließ nicht locker und fragte nochmals nach, worüber sie sich am meisten freut: „Vielleicht aufs Malen?". Ihre Antwort: „Ich hasse malen". Tja, besonders nett war sie nicht, dafür aber gnadenlos ehrlich, was für mich sowieso wichtiger war.

Oft flogen wir nach Portugal, um meine Familie dort zu besuchen. Ein Ereignis blieb uns ebenfalls im Gedächtnis…

Maria interessierte sich gerade für Sternzeichen. Im Wartebereich am Flughafen sprach sie jeden an und fragte nach dem Sternzeichen. Besonders nett war ein Mann namens Harald. Er unterhielt sich lange mit Maria.

Als wir im Flugzeug waren, musste sie sich natürlich mit den Fluggästen hinter uns unterhalten:

M: Woher kommt ihr?

F: Aus Deutschland.

M: Ahh… Ich nicht, meine Mama kommt aus Brasilien. Ich bin am Strand geboren.

Und dann entdeckte sie Harald. Ganz am Ende des Flugzeugs. Alle saßen schon und warteten auf den Abflug.

M (ziemlich laut): Hey! Guck mal! Da ist der Harald! Den kenne ich! Er ist Jungfrau!!!!

Und schon drehten sich fast alle Gäste um, um den armen Harald anzuschauen…

Sie war schon immer für eine Überraschung gut. Und ist es heute noch.

Ab da begann ich daran zu arbeiten, ihr mehr über richtiges Verhalten bei zu bringen. Es folgten viele Jahre Arbeit in dieser Richtung... Da ich auch nicht besonders diplomatisch bin, war es für mich sehr anstrengend und schwierig, ihre Persönlichkeit zu formen.

Ob es mir gelungen ist, wird die Zukunft zeigen.

Weil sie schon immer ein dunkler Typ war, wurde und wird sie stets für ihr Aussehen bewundert. Das soll nicht heißen, dass sie schöner war oder ist als Sophie, aber sie war und ist ganz anders. Dadurch hat sie auch gleich einen Pluspunkt bei Fremden.

Sophie war stets sehr stolz auf ihre Schwester und kümmerte sich rührend um sie. Heute sind die beide unzertrennlich. Das freut mich sehr, denn es gibt nichts Schöneres, als eine solide Familie, auf die man sich verlassen kann.

Maria ging ins Gymnasium und wegen ihrer Faulheit musste sie auf die Realschule wechseln. Es mangelte nicht an Intelligenz, aber an Ausdauer und Ehrgeiz.

Ganz anders als Sophie, ist Maria ohne Sorgen aufgewachsen. Sie hatte immer alles und dadurch hat sie sich anders entwickelt. Sie ist künstlerisch sehr begabt, sozial engagiert und sehr verschmust. Sie kam in einen Handballverein, wo sie wirklich schnell Fortschritte machte und bald eine der besten Spielerinnen wurde, sie bekam Klavierunterricht, brachte sich das Gitarrenspielen selbst bei. Heute singt sie, lernt wieder schnell und erfolgreich Portugiesisch und bemüht sich, eine gute Tochter, Freundin und Enkelkind zu sein.

Ich hoffe, dass wir ihr genug Liebe gegeben haben und ausreichend Vorbild gewesen sind, damit sie ihre Zukunft meistert. Selbstbewusst ist sie allemal...

Lebensänderung

Noch während der Mutterzeit erhielt ich einen Anruf meines damaligen Chefs an der Uni. Er bot mir eine neue Stelle an. Seitdem bin ich mit Koordinationsarbeiten an verschiedenen Stellen an der Uni beschäftigt.

Ich habe neue Freundschaften geschlossen und mich verliebt.

Im Oktober 2004 zog ich aus der gemeinsame Wohnung aus und trennte mich von Heinrich. Diese Entscheidung fiel mir alles andere als leicht und ich litt noch lange darunter, aber ich wusste, dass es die richtige Entscheidung war. Ich hatte bis dahin viel über das Leben gelernt und ich lernte auch, dass ich etwas wert war. Ich wollte es nicht mehr „mit mir geschehen lassen", sondern mein Leben aktiv gestalten. Die Zeit für eine neue Wende war gekommen.

Ich fing eine neue Beziehung an und 2006 heiratete ich meinen jetzigen Ehemann.

Um Maria eine möglichst normale Familie zu ermöglichen, habe ich die Erziehung ganz bewusst mit Heinrich geteilt. Sie sollte genau so viel Zeit mit ihm wie mit mir verbringen. Heinrich war für mich immer noch ein guter Freund und liebevoller Vater, und ich versuchte, dass es so bleibt.

Obwohl ich beschlossen hatte, nie wieder zu heiraten, war ich fest davon überzeugt, diesmal sicher zu sein, denn ich hatte die Liebe meines Lebens gefunden. Ich bereue bis heute nicht, diese Entscheidung getroffen zu haben, denn ich hatte einen wunderbaren Mann. Es war aber nicht immer so. Meine Ehe lief nicht so, wie ich es mir vorgestellt hatte. Eine Patchworkfamilie ist in der Tat alles andere als leicht zu handhaben.

Ich verfolgte damals mein wichtigstes Ziel für die Zukunft: NIE WIEDER NEU ANFANGEN ZU MÜSSEN. Ich wollte endlich glücklich werden!

Mein Mann ist schon einmal verheiratet gewesen und hat eine Tochter. Plötzlich war ich das fünfte Rad am Wagen. Für ihn gab es nur seine Tochter. Wahrscheinlich wollte er die Trennung der Familie auf diese Weise kompensieren, doch es drehte sich alles nur noch um

Katharina. Diese wiederum wurde stets von ihrer Mutter mit falschen Aussagen, ihren Ängsten und ihren Frust bombardiert. Sie fing an, mich zu hassen. Das tat mir sehr weh, denn ich mochte sie und ich konnte auch ihre Mutter verstehen, denn Trennungsschmerz soll man nicht unterschätzen. Nicht geliebt zu werden lässt eine Wunde lange bluten, verletzt den Stolz…

Seine Familie akzeptierte mich nicht. Ich musste an mehreren Fronten gleichzeitig kämpfen, mich behaupten, gleichzeitig meine Unschuld beweisen (seine Tochter dachte, ich wäre am Scheitern seiner Ehe schuldig), stark sein, mich durchsetzen. Ich hatte immer weniger Kraft. Liebte immer mehr, bekam immer weniger. Ich versuchte für meine Rechte zu kämpfen, meine Position in der Beziehung klar zu stellen, ihm zu zeigen, dass wir unsere Kinder nicht wie rohe Eier behandeln müssen, um sie zu lieben und dass ein Partner respektiert und geachtet werden muss. Ich kämpfte immer mehr, überall, und verstrickte mich so sehr in diesem endlosen Kampf, dass ich immer schwächer wurde.

Meine damals beste Freundin, Nora, begleitete mich bei meinem nächsten Untergang. Ich war so verkrampft, dass ich den Wald vor lauter Bäumen nicht mehr sehen konnte. Ich wurde depressiv und trieb mich stets mit

Selbstmordgedanken um. Ich machte mich und alle Menschen um mich herum völlig fertig. Doch ich erkannte das nicht. Die Angst steuerte mich, meine Gedanken, mein Leben. Stets war ich in „Kampf- und Verteidigungsmodus". Ich schrieb ein Testament und fing an, Abschiedsbriefe zu schreiben. Ich konnte mein Leben nicht mehr ertragen, aber vor allem nicht den Gedanken, wieder einmal alles zu verlieren und nochmals von vorne anfangen zu müssen. Es gab plötzlich nur noch Streit, Verzweiflung, Angst und Panik. Meine Lebensfreude war verschwunden und ich verbrachte die Zeit nur noch mit weinen. Ich weinte tagsüber und nachts dazu. Es war kein Ende in Sicht. Nur mein Ende. Ich wollte endlich sterben. Endlich alles hinter mir lassen, um nie wieder leiden zu müssen. Die Angst, wieder so sehr zu leiden, war übermächtig. Die Angst, wieder alles falsch gemacht zu haben, nichts gelernt zu haben, wieder die falsche Entscheidung getroffen zu haben. Ich sah überall nur noch Fehler und Versagen. Ich machte alles falsch und fühlte mich wie eine Versagerin, eine Verliererin. Und je mehr ich mich mit mir selbst beschäftigte, desto mehr Fehler machte ich tatsächlich. Gott hatte mich endgültig verlassen und ich vertraute niemandem mehr.

Als Nora mir irgendwann die Freundschaft kündigte, brach für mich wieder eine Welt zusammen. So sehr wie ich sterben wollte, so sehr wollte ich noch leben und glücklich sein. Ich war zerrissen, aber mein Mann war da und ließ mich nicht fallen.

Im Mai 2007 beschloss ich, eine Psychotherapie zu machen. Mein Herz war gebrochen, ich hatte meine beste Freundin verloren und war selbst verloren. Zu dieser Zeit konnte ich nichts anderes als Schmerz in meinem Herzen empfinden. Aber ich wollte dagegen ankämpfen: Endlich etwas dagegen tun. Es sollte nicht nochmals vorkommen, dass ich meine beste Freundin verliere. Und schon gar nicht meinen Mann.

Ich dachte, die Depression hörte auf und körperliche Schmerzen setzen ein. Herzstechen, Magenkrämpfe, Kreuzschmerzen, Kopfschmerzen. Ich war extrem aggressiv, gereizt, nervös. Die Schmerzen wanderten, das Unwohlsein breitete sich aus. Kein Spezialist konnte mir helfen. Plötzlich hatte ich furchtbare Brustkrämpfe. Diese dauerten bis zu vier Stunden am Stück. In dieser Zeit konnte ich kaum mehr reden oder atmen. Strecken, beugen, sitzen, liegen, alles war eine Qual. Ich bekam allergische Ausschläge, Migräne und fing an, mich zu verstecken. Allein der Gedanke, unter Menschen zu kommen, quälte mich bereits Stunden und später sogar Tage davor. Mehr als eine Hand voll Menschen war für mich unerträglich. Heulanfälle, Zittern, verschwitzte Hände und Füße, Hyperventilation. Die Angst herrschte vollkommen über meinem Körper, ohne dass ich wusste, was mit mir los war.

Vielleicht ist das alles so gekommen, weil ich meinen Glauben verloren hatte. Ich glaubte auch nicht mehr an mich selbst. Ich hasste mich. Ich hasste es, geboren worden zu sein. Ich hasste meine Vergangenheit, mein Leiden, meinen stets falschen Weg. Und ich hatte panische Angst davor, nicht allem gerecht zu werden, etwas Falsches zu machen oder zu sagen, wieder und immer wieder neu anfangen zu müssen. Ich wollte kein Stehauffrauchen mehr sein. Ich wollte nicht immer wieder umgehauen werden und wieder aufstehen müssen. Ich war des Kämpfens müde. Blind. Geschlagen. Erschöpft. Alles tat weh und es wurde von Tag zu Tag schlimmer.

Mein Chef unterstützte mich, so gut er konnte. Er war ein wunderbarer Mensch. Und weil ich mich bei ihm so gut aufgehoben fühlte, sprachen wir immer wieder über meinen Zustand. Eines Tages kam die entscheidende Frage seinerseits: „Frau Castro, haben Sie Probleme?". Lachend antwortete ich: „Wenn ich meine Probleme verkaufen könnte, wäre ich schon sehr reich." Daraufhin schickte er mich zu einem Neurologen und Psychiater.

Dieser stellte fest, dass ich unter einer mittelschwere Depression, Angst- und Panikattacken litt. Er verschrieb mir Medikamente und schickte mich zu einer Verhaltenstherapeutin.

2011

Ein wirklich seltsames Jahr…

Ich nehme meine Medikamente jetzt seit ein paar Monaten und alles wird besser. Ich fühle mich entspannter und damit klappt die Beziehung auf wundersamer Art und Weise wieder.

Im März waren wir in Wien - eine wunderschöne Stadt. Trotz Regen konnten wir die Tage super genießen.

Da mein Mann inzwischen selbstständig war, hatte er mit einigen Lieferanten zu tun, u.a. einem in Österreich. Im April waren wir zur Firmenvorstellung in Linz eingeladen. Das Wochenende war unvergesslich schön. In Erinnerung blieb mir ein sehr netter Herr. Wir sind ihm im Aufzug begegnet und wussten, dass er zu den Organisatoren gehörte. Ich hatte die Haare einfach mit einer Spange hochgesteckt und meine Locken fielen seitlich herunter. Da ich gut gelaunt war und wir fast zu spät dran waren, fragte ich ihn frech, ob er uns gerade abholen wollte. Er verneinte, überlegte und sagte: „Wenn ich Sie aber so ansehe, dann wäre es keine schlechte Idee gewesen." Natürlich war ich sofort verlegen. Wilhelm fand das Lob jedoch gut. Ob er eifersüchtig war???

Mein Weihnachtsgeschenk von 2010 haben wir im Juni eingelöst – ein Konzert von Herbert Grönemeyer in Frankfurt. Es war unbeschreiblich schön. Ich werde diesen Abend nie vergessen. Auch nicht die paar Tage, die wir daran gehängt haben: Frankfurt, Mainz, Rheingebiet. Wunderschön.

Dieses war auch das erste Jahr, in dem wir den Urlaub mit den Kindern vorgezogen haben. Die Finanzen sahen schlecht aus. Also beschlossen wir, die Pfingstferien mit unseren Mädchen in Prag zu verbringen. Ebenfalls ein Erlebnis. Obwohl Maria jeden Tag Latein lernen musste, haben wir noch jede Menge Spaß gehabt. Es hat alles traumhaft gut funktioniert - wie schon lange nicht mehr. Ich war einfach nur glücklich.

Unsere Kinder haben schon seit ein paar Jahren selbst einen Weg gefunden, ihre Probleme zu regeln. Sie sind wunderbare, intelligente, kreative Kinder. Sie wollten unsere Hilfe bei ihren Streitereien nicht mehr, denn sie merkten schnell, dass sie alleine besser dran waren. Die Beziehung zwischen Maria und Katharina verbesserte sich von Tag zu Tag, und somit auch unsere Beziehung.

Im Sommer hat mich das Glück immer noch nicht verlassen. Zum ersten Mal war ich mit meinem geliebten Mann monatelang einfach nur glücklich... Es war wie ein Traum für mich. Wir haben zehn Tage in Polen verbracht. Alles genossen - auch wenn nicht immer alles geklappt hat (Sprachprobleme, Campingplatz nicht gefunden, See ohne Wasser, Strand ohne Sonne und später dann Sonne ohne Strand). Aber auch das haben wir gemeistert. Bis ich meine Medikamente absetzte...

Ich nahm immer mehr zu und war unzufrieden mit meinem Aussehen. Deshalb wollte ich die Medikamente nicht mehr nehmen. Das war ein fataler Fehler, denn ich dachte zwar, dass ich schon so weit war, war es aber in Wirklichkeit noch nicht. Die Depression breitete sich in mir aus. Ich fing an, an allem zu zweifeln, zu grübeln, Albträume zu haben, mit Schlafstörungen zu kämpfen. Mein Mann scheint auch so eine Art Herbst-Winter-Depression zu haben, denn immer zu dieser Zeit kippt unser gemeinsames Leben um. Vielleicht liegt es daran, dass wir weniger unternehmen, die Tage dunkler und kälter werden. Ich weiß es nicht.

Wir stritten uns immer öfter und er fing an, wieder davon zu rennen. Mein Zustand verschlechterte sich von Tag zu Tag. Und dann war er so weit: „Wir sollten unsere Beziehung freundschaftlich beenden". Schock. Warum jetzt auf einmal??? Wo ist dieses Glück nur geblieben??? Und dann hat er mein Herz wieder gebrochen. Er sagte, dass er mit mir gar nicht glücklich gewesen ist! Ich konnte es zwar nicht glauben, musste seine Aussage aber akzeptieren. Was ist wenn er die Wahrheit sagte? War nur ich glücklich gewesen??? Wie kann man sich Glück einbilden??? Fragen, Fragen und noch mehr Fragen.

Ich schlug eine Auszeit vor, weil ich dachte, wir würden die Ruhe haben, über alles besser nachzudenken. Er zog aus. Doch stattdessen fiel ich in ein tiefes Loch. Mein Leben hatte plötzlich wieder keinen Sinn mehr. Ich wollte ganz bewusst sterben. Es gibt einen Unterschied zwischen sich umbringen oder sterben wollen. Ich wollte, dass alles einfach aufhört. Der Schmerz sollte mich endlich ein für alle Mal verlassen. Ich fühlte mich kraftlos, verbraucht, verlassen und ohne jegliche Lust auf eine Zukunft. Auf der Suche nach einem Strohhalm, sowie nach der Wahrheit, welche ich mir sicher war, wirklich sehen zu können, suchte ich Bekannten auf: Per E-Mails, SMS, Telefon und persönlich. Ich entdeckte wahre Freunde. Nicht die, welche immer da waren, sondern die, welche einem in so einer Situation zu helfen bereit sind.

Viele Gespräche waren nötig, meine Lage etwas zu ändern. Jeder Mensch sieht das Leben anders, jeder hat eine eigene Meinung und eine eigene Sicht der Dinge. Ich saugte förmlich alles Positive auf, was mir angeboten wurde. Ich war mir nicht mehr sicher, ob ich mich in die eine oder andere Richtung bewegen sollte. Dieses Ringen mit mir selbst hat viel Kraft gekostet. Eine Lúcia wollte aufgeben, schmerzfrei sein. Die andere wollte weiter kämpfen, glauben, hoffen. Ich schwankte heftig hin und her und holte mir schließlich ärztliche Hilfe. Mit einer Einweisung in der Tasche fühlte ich mich sicherer und nahm den Kampf auf, meine Ehe zu retten. Doch nun stellte sich die Frage, ob man allein einen Kampf gewinnen kann…

2012

Zu einer Beziehung gehören zwei Menschen. Man kann keinen Kampf allein gewinnen, aber man muss gewinnen wollen. Von ganzem Herzen.

Wir hatten schon vieles gemeinsam überstanden und haben beschlossen, gemeinsam noch vieles zu überstehen. Unsere Patchworkfamilie sollte für immer funktionieren. Das Leben gibt zwar keine Garantien, doch der Wille ist stärker. Unsere drei Mädchen verstanden sich immer besser. Wir lernten, uns zu respektieren und zu vertrauen, und hörten auf damit, immer den leichten Weg zu suchen und ans Aufgeben zu denken.

Ich nahm den Rat meines Arztes an und ging für sechs Wochen in eine Psychotherapeutische Klinik. Dort habe ich eine Menge über mich und andere Menschen gelernt. Mir wurde bewusst, dass ich ernsthaft krank gewesen bin. Diese Krankheit kann leider nicht geheilt werden, aber man kann sie in den Griff bekommen.

Da ich nah an einem Burnout gewesen bin, fiel mir dieser Aufenthalt überhaupt nicht leicht. Doch es war Gold wert! Für mich und für meine Familie. Wir haben alle davon profitiert. Meine Familie merkte, was ich zu

Hause leistete und vermisste mich. Ich lernte, dass ich für die Gefühle anderer nicht verantwortlich und somit nicht immer „schuld" an irgendetwas bin. Ich fasste wieder Vertrauen und je glücklicher ich wurde, desto glücklicher wurden die Menschen um mich herum.

Meine neuen alten Freunde hatten auch eine sehr gute Arbeit geleistet. Sie haben mich beraten, mir zugehört, Verständnis gezeigt, mich motiviert und - was ganz wichtig gewesen ist - sie haben mir klar gemacht, dass ich nicht alleine war. Sie hatten mich gern. Ehrlich gern.

Egal was die Zukunft jetzt bringen würde, würde ich es nicht mehr alleine überstehen müssen. An dieser Stelle möchte ich mich bei meinen Freunden bedanken. Ihr habt mein Leben gerettet, ohne es wirklich zu wissen. Danke an alle, die damals auf meiner Seite gewesen sind und auch an die, die sich von meinem anstrengenden Leben inzwischen verabschiedet haben und ihre eigene Wege alleine verfolgen.

Mein Mann und ich waren wieder einmal froh, einander zu haben. Wir legten damit los, Zukunftspläne zu schmieden und am 12. Dezember 2012 haben wir ein Haus gekauft.

2013/2014
Kein Happy End?

Nachdem man mich jetzt mehr oder weniger meinen Lebensweg begleitet hat, mag man mir vielleicht ein Happy End wünschen. Ich würde mir auf jeden Fall eins wünschen!

Aber gibt es so etwas nicht nur in Filmen?

Eine Freundin von mir behauptet seit Jahren, ein völlig langweiliges Leben zu führen... Ist so ein Leben nicht ein glückliches Leben? Ich hätte mir durchaus mehr Langeweile gewünscht...

Unser altes Haus musste renoviert werden. Das Geld war sehr knapp kalkuliert und wir arbeiteten Tag und Nacht, um unseren Traum der Altersvorsorge zu verwirklichen. Wir haben fast alles eigenständig gemacht. Das Haus wurde von Tag zu Tag schöner. Ich war fit und glücklich wie noch nie. Wir waren da angekommen, wo wir sein wollten, nah der Natur. Nicht das Haus war unser Traum gewesen, aber ein sicherer, ruhiger Platz in der Nähe des Flusses und der Weinberge. Im Dorf wurden wir sofort akzeptiert. Die Lage des Hauses ist schlichtweg fantastisch. Es war alles wie im Traum.

Die Sicht von der Terrasse aus weckt Urlaubsgefühle. Man hört hier nur die Kirchenglocken läuten, Vögel zwitschern und sieht, wie alles wächst und blüht. Hasen sitzen vor dem Fenster, Vögel fliegen durch das Haus, bauen Nester, Rehe leben in Reichweite.

Ich fühlte mich überglücklich und voller Stolz. Ja. Ich war fest davon überzeugt, dass jetzt alles endlich gut werden würde.

Ende September 2013 lag ich im Bett und beobachtete die Sonnenstrahlen in unserem Garten. Ich legte mich auf die Seite, berührte unabsichtlich meine Brust und dachte an meine Frauenärztin. Sie fragte mich bei jeder Kontrolle, ob ich mich immer selbst abtaste. Ich log jedes Mal, als ich „Ja" sagte. Mein schlechtes Gewissen packte mich und ich tastete mich ab.

Am 04. Oktober 2013 rief sie mich an: „Frau Castro, es tut mir so leid für Sie! Aber ich muss ihnen leider sagen, dass Sie Krebs haben."

Einmal Stehauffrauchen, immer Stehauffrauchen

Meine Mutter war zu dieser Zeit hier zu Besuch. Ich hatte keine Zeit zu weinen, erschrocken zu sein oder mir über die Zukunft Gedanken zu machen. Ich musste überlegen, wie ich es zuerst meinem Mann, dann meinen Kindern und – ach Gott! – meiner Mutter sagen sollte, dass ich Krebs habe. Den ganzen Tag so zu tun, als wäre nichts, war schon hart genug. Als ich es meinem Mann sagte, merkte ich, dass für ihn eine Welt zusammenbrach. Als Sophie es erfuhr, ist sie gleich weggerannt. Als wenn sie meine Krankheit hinter sich würde lassen können… Maria hat es von Sophie erfahren. Und dann sagte ich es meiner Mutter. Sie weinte eine Woche lang. Katharina habe ich es auch gesagt. Sie schluckte und nickte.

Ich war also damit beschäftigt, alle zu trösten. Richtig realisiert, hatte ich es noch nicht.

Auf der Arbeit habe ich schnell alles erledigt, alle informiert, Übergabe gemacht, meinen Abwesenheitsassistenten eingerichtet. Meine Kolleginnen haben geweint. Nur ich nicht.

Dann fingen die Untersuchungen an und ich erfuhr, dass ich einen sehr aggressiven und rasch wachsenden Tumor hatte. Man musste schnell handeln.

Zum Glück flog meine Mutter bald nach Portugal zurück und ich konnte mich etwas mehr auf mich selbst konzentrieren.

In der Woche drauf wurde ich schon operiert, da man sicher gehen wollte, dass die Lymphknoten nicht betroffen waren. Zwei Tage später bekam ich meinen Port implantiert, das ist das Gerät für die Gabe der Chemotherapie und weitere zwei Tage später fing die Chemotherapie an.

Ich nahm an einer Studie teil. Alle Nebenwirkungen habe ich gelesen. Es waren drei DIN A4 Seiten. Doch an Nebenwirkungen spürte ich nichts. Das änderte sich jedoch rasch und mich erwischten die Nebenwirkungen, welche unter 1% der Patienten erwischen... War ja klar, oder?

Ich bekam eine Thrombose und hatte Angst, meinen Port wieder entfernt bekommen zu müssen, denn dieser darf nur einmal im Leben an der gleichen Stelle implantiert werden.

Das Problem habe ich überstanden und deswegen wurde meine Therapie umgestellt.

Diesmal war ich sehr angeschlagen. Ich blieb im Bett, bekam Fieber und war so schwach, dass ich nicht mehr zu den Blutuntersuchungen, welche zweimal die Woche gemacht werden mussten, gehen konnte. Meine Hausärztin kam zu mir nach Hause und stellte fest, dass ich fast keine Leukozyten mehr im Blut hatte, welche für die Verteidigung des Körpers zuständig sind. Sie reagierte sofort und versuchte, mich in ein Krankenhaus zu verlegen. Nürnberg lehnte mich ab, Scheindorf ebenfalls. Somit blieb mir nichts anderes übrig, als mit dem Krankenwagen nach Erlangen zu fahren. Die Fahrt dauerte eineinhalb Stunden. Dort wurde ich behandelt. Deswegen mussten sie mich aufnehmen.

Drei Tage lag ich zu Hause im Bett und weitere sechs Tage in der Isolierstation in Erlangen. Unzählige Infusionen, endlose Tage. Nur mein Mann besuchte mich. Nach sechs Tagen sagte mir der Arzt: „Jetzt, dass es Ihnen besser geht, kann ich endlich sagen, dass ich froh bin, dass Sie noch leben." Danke für das Gespräch! Ich wäre also fast gestorben und hätte es nicht einmal gewusst! Wäre es wirklich passiert, hätte ich keine Möglichkeit gehabt, mich von meinen Kindern zu verabschieden, von meinem Mann, von meiner Familie. Ich war sprachlos, aber am Leben.

Brustkrebs ist gut heilbar, doch die Chemotherapie kann jemanden umbringen. Mir ging es konsequent schlechter. Keine Gefühle mehr an den Fingern, an der Hand, an den Zehen, an den Füßen, unter dem Arm, am Oberarm. Tagelang hatte ich keinen Geschmack. Ich konnte nur noch zwischen flüssig und fest unterscheiden. Durchfall, Übelkeit, Schmerzen, Ohnmachtsgefühle. Man will – kann aber nicht. Ich weinte nur noch aus Verzweiflung. Jeden Tag, jede Stunde bringt eine andere Nebenwirkung mit sich. Man ist nur am Tabletten schlucken. Die Schleimhaut wehrt sich und man hat stets Angst, sich mit irgendetwas anzustecken.

Einkaufen gehen mit Mundschutz ist echt grausam. Man muss das tun, um keine Viren oder Bakterien zu inhalieren. Dabei denken die Menschen, dass DU ansteckend bist. Alle schauen dich an, als wärst du ein Außerirdischer. Frauen mit Kinderwagen drehen um, Menschen machen einen großen Bogen um einen herum. Man fühlt sich wie eine laufende offene Wunde, die schon beim Zuschauen Ekel erregt. Irgendwann traut man sich gar nicht mehr heraus und die Decke fällt einem langsam aber stetig auf den Kopf.

Jetzt entdeckte ich noch mehr Freunde. Ich wurde dauernd angerufen, bekam oft Besuch. Hier möchte ich mich ganz herzlich bedanken, an alle die mich in dieser Zeit unterstützt haben. Ihr wart alle echt klasse!

Vier Chemos waren vorbei und wieder musste ich umgestellt werden. Jetzt kam für mich der schlimmste Moment von allen: Meine Haare fingen an auszufallen. Erst war die Bürste voll, dann die ganze Hand. Das tut in der Seele weh. Man will das nicht glauben, aber man kann es genau spüren, wie die Haare herausfallen. Es fühlt sich so an, als wäre jemand in deinem Kopf drin und versuchte, die Haare von innen nach außen zu schieben. Ein abartiges und schmerzhaftes Gefühl. Doch dieser Anblick – eine Hand voll mit Haaren, ertrug ich nicht. Ich fing an zu weinen. Es tat weh, als würde mir jemand etwas ganz Wertvolles wegnehmen.

Mein Mann reagierte sofort und nahm mich gleich mit in die Stadt, um eine Perücke zu kaufen. Wir suchten stundenlang nach etwas Passendes, Schönes. Doch was war daran schön? Ich wollte MEINE Haare! Die Verkäuferin war sehr einfühlsam und extrem kompetent. Sie fragte mich, ob es nicht besser wäre, die Haare gleich abzurasieren. Das würde sie selbstverständlich kostenlos erledigen. Ich wusste noch nicht so recht, ob ich die Perücke oder doch ein paar schicke Mütze mit Haarbändern nehmen wollte. Als ich alle beisammen hatte, willigte ich ein. Sie drehte mich weg vom Spiegel, rasierte mir den Kopf und legte die Perücke an. Dann drehte sie mich wieder zu dem Spiegel hin.

Das war nicht ich. Ich zog die Perücke aus und bekam einen Schock. Tränen liefen heraus und ich sah meinen Kopf ohne nur einem einzigen Haar. Nun hatte ich die Krankheit realisiert. Jetzt war ich richtig geschockt.

Ich nahm also ein paar Mützen und ging mit meinem Mann wieder nach Hause.

Noch vier Chemos sollten gemacht werden, doch mir ging es von Chemo zu Chemo immer schlechter.

Ich beschloss also, bei Chemo Nummer sieben aufzuhören. Die Ärzte waren nicht begeistert, aber ich zog das durch. Was sieben Chemos nicht schaffen, werden acht auch nicht erledigen. Punkt. Mein Körper, meine Entscheidung.

Es folgte eine brusterhaltende Operation, die Entfernung des Ports (auch hier musste ich mich durchsetzen) und achtundzwanzig Bestrahlungen.

Ich habe es überstanden. Stehauffrauchen halt...

Kraft hat mir auch mein Hund gegeben. Den haben wir im November 2013 zu uns geholt. Ein Huskymischling aus Athen, der von einem Tierschutzverein gerettet wurde. Mailo hat mich mit Liebe unterstützt. Er war immer bei mir, zwang mich aufzustehen, raus zu gehen, durchzustehen. Irgendwann war ich mir sicher, dass Gott ihn mir geschickt hat. „Glaub, vertrau, ich bin bei dir. Du bist nicht alleine."

Am letzten Bestrahlungstag fuhr ich danach direkt auf die Arbeit. Ich konnte nach neun Monaten kaum erwarten, wieder arbeiten zu dürfen. Ich habe auf die Reha verzichtet, auf weitere Krankheitstage und auf die sogenannte Wiedereingliederung (was heißt, dass man erst ein paar Stunden arbeitet und dann die Anzahl an Arbeitsstunden langsam erhöht). Normalität sollte einkehren. Schließlich war ich jetzt krebsfrei.

Freudestrahlend kam ich auf der Arbeit an. Alle freuten sich. Mein Chef fragte, wie es mir nun geht und ergänzte dann seine Aussage mit: „Ich weiß gar nicht, wie ich es Ihnen sagen soll." Ich sah ihn fragend an. Er redete dann weiter: „Wie Sie wissen, sind schon ein paar Leute entlassen worden. Ich werde Ihren Vertrag leider nicht verlängern können."

Die Diagnose Krebs ist schon ein Schlag an sich. Die Therapie weitere Schläge. Neun Monate mit Angst, Nebenwirkungen und Medikamente zu leben ist ebenfalls kein Zuckerschlecken. Aber nach all dieser Zeit, nach all dem Kampf, nach all der Freude, wieder da weitermachen zu können, wo man aufgehört hat, als alles noch gut war, zu hören: „Ich kann Ihren Vertrag leider nicht verlängern" ist unbeschreiblich schmerzhaft. Da fragt man sich, ob man unter Wahnvorstellungen leidet, völlig verrückt geworden ist, oder ob das Leben ernsthaft so ungerecht sein kann. Man versteht nicht, was solche Menschen sich dabei denken, in so einer Situation so eine Aussage zu machen. Haben sie die Gefühle komplett abgestellt? Sind sie wirklich so unsensibel?

Meine Kehle war zugeschnürt. Meine Tränen liefen mit einer mir bereits sehr vertrauten Geschwindigkeit herunter. Ich zitterte und fragte, ob man nicht etwas machen könnte.

„Leider nein", sagte er. Weitere „Rettungsvorschläge" meinerseits wurden von ihm abgelehnt.

Ich verließ sein Büro weinend, erzählte meinen Kolleginnen was ich gerade gehört hatte und sie weinten mit. Dann ging ich ins Büro und arbeitete alles ab, was sich in neun Monaten auf meinem Schreibtisch gestapelt hatte. Nur nicht mehr denken. Nicht leiden. Einfach nicht denken.

Es gelang mir aber nicht.

Und Jahr für Jahr folgten weitere Leiden, welche sogar noch heute, im Jahre 2016, nicht aufgehört haben.

Jetzt frage ich nochmals: „Wie viel kann ein Mensch ertragen?" Ich kenne die Antwort immer noch nicht, aber anscheinend ist es wirklich unvorstellbar viel, was man ertragen kann...

Es bleibt also nur noch eine wichtige Frage offen: „Wofür das alles ertragen?"

Nachwort

Man beschäftigt sich immer wieder mit Ungerechtigkeiten, die im Ausland passieren. Frauen die gesteinigt werden sollen, weil sie sich nicht an die „Landesregeln" gehalten haben. Mädchen, die zu Hochzeiten gezwungen werden. Kinder, die zu Zwangsarbeiten entführt werden. Arbeiter, die wie Sklaven behandelt werden.

Es ist sehr einfach, mit dem Finger auf die Probleme anderer zu zeigen.

Man verschließt aber gern die Augen für das, was im eigenen Land passiert. Vieles kommt nicht ans Tageslicht. Da muss der Skandal schon sehr groß und verheerende Folgen haben, bis es öffentlich gemacht wird.

Dieses Buch ist meine Art Versuch, Gerechtigkeit in meinem Fall zu erlangen. Man soll als Deutscher das Recht haben, zu wissen, was hier alles passiert. Wie Menschen tatsächlich behandelt werden, wie behördliche Entscheidungen zustande kommen und wie unfähig man hier ist, eigene Fehler zuzugeben.

Alles, was hier geschrieben wurde, entspricht der Wahrheit und einiges kann sogar bei Bedarf belegt werden. Kein Wort wurde ausgedacht. Keine Aussage verschönert. Es sind alles nackte, ungeschminkte Tatsachen.

Aus Datenschutzgründen habe ich jedoch alle Namen sowie einige Orts- und Firmennamen geändert.

Ein Leben lang habe ich versucht, Verständnis für alles und jeden zu haben. Ich habe gekämpft, gelitten und auch verziehen. Jeder kann einen Fehler machen, auch ich bleibe hier nicht verschont, doch jeder sollte in der Lage sein, sich für seine Fehler zu entschuldigen. Sich ehrlich zu entschuldigen. Es ist das Mindeste, was man als Wiedergutmachung tun kann.

Haltet durch.

Zur Autorin:

Vera Castro, geboren 1967 in Rio de Janeiro, Brasilien.
Seit 1999 in Deutschland eingebürgert.

Ausbildung als Grundschullehrerin. Dolmetscherin,
Übersetzerin und Dozentin für Portugiesisch. Assistentin
der Geschäftsleitung des Klinischen Krebsregisters
Unterfranken.

Seit 1987 in Deutschland, verheiratet, 2 Kinder, 2 Hunde.